書下ろし

食いだおれ同心

有馬美季子

祥伝社文庫

目次

序章

　お袖《そで》は焦《あせ》っていた。嫁いでからずっと姑《しゅうとめ》に、後継ぎはまだかと急《せ》かされているのだ。それが二年以上も続き、お袖の心は疲れるのを通り越して、すり減ってきていた。

　医者に通ったものの、一向に身籠《みご》もる気配はない。近頃では、姑の攻撃から守ってくれていた夫までもが、子が出来ぬことをお袖のせいにして、愚痴《ぐち》をこぼす。すると、煩《うるさ》く言わなかった舅《しゅうと》も、あれこれと口を挟んでくるようになった。

　お袖は嫁ぎ先で、まさに針の筵《むしろ》に座るような思いだった。

　そのような時、ある噂《うわさ》を耳にした。それはどこからともなく、風のように伝わってきたのだ。

　──西新井大師《にしあらいだいし》の門前町《もんぜんちょう》にある〈大黒屋《だいこくや》〉という薬種問屋《やくしゅどんや》で売っている〈幸《こう》妊薬《にんやく》〉という薬を飲めば、忽《たちま》ち子を授《さず》かることが出来る。

　いくら医者にかかっても、何を試しても妊娠しなかったお袖は、その薬が本当に効くのかどうか怪訝《けげん》に思いながらも、惹《ひ》かれた。

お袖が嫁いだ先は、日本橋《にほんばし》にある干鰯《ほしか》問屋だ。大店《おおだな》という訳ではないが、そこそこの店である。血が繋《つな》がった跡取りというものを、舅姑と夫だけでなく、親戚の者たちにも望まれている。そのことがずっと、お袖の重荷になっているのだ。

お袖は〈幸妊薬〉のことを、夫に相談した。すると夫は笑顔で答えた。

「それはよい薬を見つけたな。是非《ぜひ》、買ってきなさい」

お袖と夫は、藁《わら》にもすがる思いで、その薬に頼ることを決めた。

次の日、お袖は早速《さっそく》薬を買いに出かけた。猪牙舟《ちょきぶね》に乗って大川《おおかわ》を行く間、お袖は緊張していた。憂鬱《ゆうう》と期待が入り交じり、お袖の心も、舟に合わせて揺れ動いた。

〈大黒屋〉がある西新井大師の門前町は御府内からは外れているものの、江戸からの客足は絶えない。効き目のある薬を扱っていると評判で、中でも目玉が〈幸妊薬〉なのだ。

沼田《ぬまた》村の渡し場で舟を下り、田畑の広がる村を通って、西新井大師へと向かった。

〈大黒屋〉はすぐに見つかった。なかなかの構えの店で、風格のある看板が掲《かか》げられている。

お袖は胸元に手を当て、大きく深呼吸をしてから、中へと入った。顔を強張《こわば》らせながら〈幸妊薬〉について訊《たず》ねると、いかにも人が好《よ》さそうな〈大黒屋〉の主人は、優しく微笑《ほほえ》んだ。

「私どもがお売りしております〈幸妊薬〉は、皆様よりたいへんご好評をいただいております。お子様を授かりたくても、どうしても授かることが出来ぬ御夫婦のお悩みを、この〈幸妊薬〉が直《ただ》ちに解決いたしますよ」

主人の穏《おだ》やかな声が、緊張していたお袖の心を解きほぐしていく。

「本当に、直ちに……恵まれるのでしょうか」

「はい。この薬を毎日飲み続けていただけましたら、早くて一月か二月で、兆候《ちょうこう》が見られて参ります。この薬をお飲みになって子を授かったお客様は、皆様、そうでしたから。まあ、薬の効果というのは、正直なところ人それぞれです。早く効く人もいれば、そうでない方もいて、差があるのは確かです。しかしながら、お見受けしましたところ、お客様はまだお若い。著《いちじる》しく早い効果が期待されると存じますよ」

お袖には、柔和《にゅうわ》な面立《おもだ》ちの主人が、布袋尊《ほていそん》のように見えてくる。もう何の迷いも疑いもなく、財布を取り出した。

「おいくらでしょうか」

「何日分を御希望でいらっしゃいますか」

「一日分はおいくらでしょう」

「一朱《しゅ》（約四千円）になります」

お袖は頭の中でざっと算盤《そろばん》を弾《はじ》く。つまり一月で二両（約十二万円）近く費《つい》やすことになる。一瞬躊躇《ためら》ったが、お袖は考え直す。主人が言うように、一月か二月で効果が現れるというなら、飲む価値は大いにある。子供が出来ないことの辛《つら》さに比べれば、二両や四両など安いものだ。夫も同じように思ってくれるに違いない。

「一月分いただけますか」

「かしこまりました」

主人は布袋尊のような笑顔で〈幸妊薬〉を包み始める。店に漂う薬草の匂いが、お袖の心を和《なご》ませる。清らかな店、優しそうな主人、ここの薬は必ず効く、そんな思いにさせられてしまう。

主人はお袖に薬を手渡した。

「一包を半々にして、御主人と御一緒にお飲みくださいまし」

「分かりました」

「服用なさっていて、具合が悪くなるようなことがございましたら、いつでもお越しください。御相談に応じますゆえ」

「ありがとうございます。……希《のぞ》みが見えて参りました。もう、何をやっても駄目でしたので」

お袖は思わず涙ぐんでしまう。〈大黒屋〉の主人が、本当に神様のように見えたのだ。

「お気持ち、分かります。これからは私どもがお手伝いをさせていただきますので、どうぞ御安心ください。子を授かるための治療は、本当に繊細なものです。お客様の不安な心が躰《からだ》に影響を及ぼし、ご懐妊を遠ざけてしまうこともあるのです。これからはお気持ちを楽に、希みを持って、自分を信じることですよ」

主人の穏やかな目を見ていると、お袖の心に安堵《あんど》が広がっていく。

この〈幸妊薬〉にすべてを委《ゆだ》ねよう、一月で効果が見られなくても暫《しばら》く飲み続けてみようと、お袖は決意した。

お袖は主人に繰り返し礼を述べ、〈大黒屋〉を後にした。

〈大黒屋〉を訪れる前は靄《もや》がかかっていたようなお袖の心も、帰る時にはすっきりと晴れていた。

家に戻ると、お袖は笑顔で、薬効について夫に話した。夫も笑みを浮かべて聞いていたが、薬の値段に首を傾《かし》げた。

「それほどかかるのか」

「効果があるお薬なら、仕方がありません。お願いです。暫く続けさせてください」

「それもそうだな。本当に子を授かれるのならば、安いものだ」

こうして夫の理解と力添えのもと、お袖は〈幸妊薬〉を用いての子作りに励み始めた。

薬を毎日飲み続け、一月が経《た》ち、二月が経った。しかし一向に効き目は現れない。そして四月《よ》が経ち、五月目の半ば頃、〈大黒屋〉の主人から告げられた。

「もう八両ほど頂戴《ちょうだい》しておりますが、まだ続けられますか。そろそろ、ほかの薬種問屋さんなり、お医者様をあたったほうがよろしいかと存じますが」

主人の声は、今まで聞いたことがないような冷たいものだった。お袖は唖然《あぜん》として言葉を失う。そして……疑念が沸々《ふつふつ》と湧き起こった。

――もしや騙《だま》されたのではないか――

お袖は声を震わせて怒った。

「じょ、冗談ではありません。まだ続けられますかとは、なんですか、その言い方は。この薬を信じろと言ったのは、貴方《あなた》ではありませんか」

主人は柔和な笑みを浮かべたまま、素《そ》っ気《け》なく返した。

「薬というのは、効き目がある方とない方、やはり差がございますからねえ。そのことは、この薬をお客様に初めてお売りする時にも、申し上げたはずですが」

主人の笑みが急に薄ら笑いのように見えて、お袖は思わず後ずさる。

八両といえば微妙な金額だ。金持ちの客ならば泣き寝入りしてしまうだろうが、お袖は夫に頭を下げ、必死の思いで払い続けたのだ。お袖の嫁ぎ先はそれほど金持ちという訳ではないから、八両といえば大金だった。それでも子を授かりたい一心で、お袖は薬を信じていたのだ。それなのに、あっさりと、最後の希みを断たれてしまうというのか。人の弱みに付け込んだ悪質な騙《かた》りだったのではないかと、お袖に激しい怒りが込み上げてきた。

――薬代《やくだい》を出してもらっておいて、騙されたと知れたら、私はついに離縁されてしまうかもしれない――

お袖の目から涙がこぼれる。それを手で拭《ぬぐ》い、主人を睨《にら》みつけた。

「訴えますから。覚えていらっしゃい」

主人は鼻で笑った。

「どうぞ御自由に。どこにでも訴え出てくださいませ」

お袖は悔しさに息を荒らげて〈大黒屋〉を飛び出した。

怒りに突き動かされ、お袖はその足で町奉行所へと向かった。しかし、門前払いを食らった。御府外である西新井大師の門前町は、寺社奉行の受け持ちとなるので、そちらへ相談にいきなさい——というのだ。

そして寺社方のほうに行って掛け合ってみると、待っていたのはつれない返事だった。

「薬の効き目云々《うんぬん》というのは、非常に微妙なところである。〈大黒屋〉の主人が申すように、人によって差があるからだ。第一〈大黒屋〉と、薬の効き目がなかった場合は金子《きんす》を返す、などという証文《しょうもん》を交わした訳ではないのだろう」

お袖は黙ってしまった。確かに、証文は交わしておらず、〈大黒屋〉に返金の義務はないからだ。

唯一《ゆいいつ》の証拠になりそうなものといえば、手元に残っている件《くだん》の薬のみだが、それが本当に効き目のあるものか否《いな》か、しかるべきところに調べてもらうにしても、さらに費用がかかりそうで躊躇ってしまう。

それでも諦《あきら》められないお袖に、寺社方の役人は言った。

「馬喰町《ばくろちょう》に並んでいる公事宿《くじやど》をあたってみたらどうだ。腕のよい公事師《くじし》がつけば、取り返すことが出来るかもしれぬぞ」

現代で言うところの民事訴訟に持ち込んでみれば――というのだ。ちなみに公事師とは、この時代の民事裁判において、当事者に代わって訴訟《そしょう》を行う者のことである。

寺社方に勧《すす》められ、それもそうだと、今度は公事師を探すことにした。だが、馬喰町の公事宿からはなぜか軒並《のきな》み断られる。そのような訴訟は勝ち目がないと分かっているからだろうか、どこも手を貸したがらないのだ。

――いったいどうすればよいのかしら。夫にも相談出来ずに、一人でこんなところまで来てしまった。……やはり諦めるしかないのかしら。でも、夫に正直に話したら、きっと怒られるだけでは済まない――

断られ続け、疲れた顔でふらふらと歩いていると、声をかけてくる者がいた。

「あの、もし」

お袖が振り返ると、いかにも人の好さそうな婆様《ばあさま》が立っていた。婆様はお袖に微笑《ほほえ》みかけた。

「安く引き受けてくれる、腕のよい公事師を紹介してあげようか」

婆様はふっくらと福々しく、疲れきっていたお袖は、つい信用してしまう。安く引き受けてくれる、という言葉もありがたかった。

その婆様の案内で、お袖は、小さな公事宿に連れていかれた。看板を掲げておらず、ひっそりとしている。そこで、これまた人の好さそうな公事師が、お袖の相談に乗ってくれた。

「確かに薬の効き目云々は微妙な問題で、全額を取り戻すのは些《いささ》か難しいかもしれませんねえ。まあ、お力になれるよう努めたいとは思いますが」

お袖は藁にもすがる思いで、公事師に頷《うなず》いた。

「全額が戻ってこなくてもいいのです。それは仕方がありません。でも、せめて半額だけでも返してもらえないでしょうか」

公事師は微笑んだ。

「半額ならば、無理難題ではございませんよ。勝ち目はじゅうぶんにございます。お力になれるよう努めて参ります。件の薬がまだお手元に残っておられるようなら、それをお預けくださいますか。しかるべきところへ持っていき、真に効き目があるものだったか否か、調べていただきますので」

頼もしい言葉が返ってきて、強張っていたお袖の顔が少しほぐれる。公事師はさらに微笑んだ。

「それでお代についてですが。薬を調べるのに、まず費用がかかります。そのほか、お上《かみ》に提出する証文を揃《そろ》えるなど、すべての手間賃を含め、一両を前払いでいただけますでしょうか。ちなみに後から追加のお代などは頂戴いたしません」

八両の半額が戻ってくるとして四両。そこから公事師への支払いの一両が差し引かれるとして、手元に戻るのは三両という計算になる。それでも全額失うよりはマシであるし、公事師へ支払う相場を見ても破格に安いことは確かだ。なにより憎き〈大黒屋〉から少しでも取り返し、あの主人を見返してやりたい。お袖は一も二もなく頷いた。

「はい、構いません。お支払いいたします」

お袖は一両を払い、薬を預けた。

「よい結果をお伝え出来るよう、努めます。この件につきましては、六日ほど後に封書でお返事差し上げますね。少々お待ちくださいますよう」

公事師の笑顔に励まされ、お袖はようやく安堵した。

夜遅く戻ってきたお袖に、家の者は怪訝な目を向けたが、お袖はどうにか誤魔《ごま》化《か》した。舅姑や夫に気取《けど》られぬよう注意しながら、数日をやり過ごし、六日目にお袖は公事師からの返事を受け取った。

結果は芳《かんば》しくなかった。伝手《つて》を頼って薬を小石川《こいしかわ》養生所で調べてもらったところ、何の問題もなく、効き目の見込めるものであったこと。それゆえ、訴え出ても勝ち目はないであろうこと。効き目がなかったのは、お袖の体調によるものだったとしか考えられないこと。まことに残念ではあるが、諦めるほかないであろうこと……。そのような内容が謝罪の言葉とともに縷々《るる》書き連ねてあった。

お袖の目の前が暗くなっていく。結果、九両を無駄にしてしまった。もはや怒る気力も残っておらず、お袖は脱力して蹲《うずくま》った。

——薬種問屋だけでなく、公事師にも騙られた——

心が乾ききってしまい、お袖は涙も出なかった。障子窓《しょうじまど》の隙間《すきま》から、師走《しわす》の寒風が忍び込んでくる。お袖は冷えた躰を温めようと火鉢《ひばち》に擦《す》り寄ったが、不意に眩暈《めまい》に襲われ、倒れ込んでしまった。

第一章　雪夜の女

一

文政《ぶんせい》八年（一八二五）、睦月《むつき》半《なか》ば。

邑山幽斎《むらやまゆうさい》は、両国広小路《りょうごくひろこうじ》の片隅にある居酒屋〈おとき〉で、一人ゆったり酒と料理を味わっていた。酒は熱燗《あつかん》、料理は〝寒鰤《かんぶり》の煮つけ〟だ。脂《あぶら》の乗った寒鰤は、舌の上でほろりと蕩《とろ》ける。

——冷える夜も、旨い酒と料理があれば、躰の芯まで、心の奥まで、温《ぬく》もるものだ——

幽斎は整った顔に微《かす》かな笑みを浮かべた。

三十三歳の幽斎は、すぐ近くの薬研堀《やげんぼり》に、占い処兼住処《すみか》の〈邑幽庵《むらゆうあん》〉を構えている。占術だけではなく祈禱《きとう》、お祓《はら》いもする、いわば陰陽師《おんみょうじ》だ。その実力はもとより、麗《うるわ》しい見た目も相俟《あいま》って、幽斎は人気者である。幽斎に占いを視《み》てもらうために女たちが長蛇《ちょうだ》の列をなしている光景は、薬研堀の名物ともなっていた。

幽斎は、〝美しき物《もの》の怪《け》〟とも呼ばれる。華奢《きやしゃ》で、透きとおるように青白い肌、やけに紅《あか》い唇《くちびる》。切れ長の目は緑がかり、漆黒《しっこく》の髪は撫《な》での糸垂《いとだ》れ。男とも女とも見分けのつかぬその姿は、妖《あやかし》のようであった。

近頃ではあちこちから呼ばれて東奔西走《とうほんせいそう》し、重要な祈禱を任されることがある。今月も、左義長《さぎちょう》（どんど焼き）の催《もよお》しで新年の祈禱を捧《ささ》げて回るなど、多忙な日々を送っていた。

だが幽斎は決して、自分の人気に溺《おぼ》れたりなどしない。常に冷めた目で、物事を見続けている。幽斎がいくら人からちやほやされようが冷めているのは、恐らく、彼の来《こ》し方《かた》が影響しているのだろう。

――この寒鰤、身が引き締まっているのに、実に脂が乗っている。今の時季はよく肥《ふと》っている頃だから、僅《わず》かな量でも満腹になる。鱈腹《たらふく》呑み食いするのもよいが、美味なるものを少しずつ味わうというのも、またよいものだ――

幽斎は箸《はし》を休め、姿勢を崩さず酒を呑む。

〈邑幽庵〉にはお条《くめ》という老婆《ろうば》の端女《はしため》がいて、幽斎の世話を焼いているが、通いなので五つ（午後八時）には帰ってしまう。帰る前にいつも夕餉《ゆうげ》を用意しておいてくれるのだが、お条は風邪《かぜ》を引いて、今日は休みだった。それゆえ幽斎は、今宵《こよい》は夕餉にありつけず、外で食べることとなったのだ。

――この居酒屋は、寂れた雰囲気が却《かえ》って居心地《いごこち》がよくて、好ましい――

決して広くはない店の中、客もまばらだ。先ほどから女将《おかみ》を相手に騒いでいる男がいて、その男が放つ言葉が、時折、幽斎の耳にも届いていた。

「所詮《しょせん》、この世は金なんだよ」

瘦《や》せてはいるが屈強そうな躰、鋭い眼光のその男は、身なりからも浪人者であることが窺《うかが》われる。男は相当酒が廻《まわ》っているのだろう、大年増《おおどしま》の女将相手に捲《まく》し立てていた。

「韮山《にらやま》では、懸賞金がかかった悪党の首を取って、お上からたっぷり貰《もら》ったぜ。道場破りもよくやったな。俺の腕っぷしを恐れて、道場をぶっ潰《つぶ》されるのが怖くて、最後には、これで勘弁してくださいって、金を差し出しやがる。俺のこの腕があれば、なに、金などいくらでも稼げるわ」

豪快に笑う浪人者に、女将は顔を顰《しか》める。

「なんだい、金、金、って。金よりほかに大切なものだってあるだろうに。情けとか、恩とかさ」

「なに寝惚《ねぼ》けたこと言ってんだ、婆《ばば》あ。情けだって恩だって、金で売り買い出来んだよ。食い物がなくて死にかけてる奴への、一番の情けって何だ。気の毒ねえ、って同情してやることか。食い物を与えてやることじゃねえのか。金を恵んでることじゃねえのか。ほらな、結局は金ってことなんだ、この世は何事もな」

「まあ、そう言われてみればねえ」

相手はお客なので、そう逆らうことも出来ないのだろう、女将は黙ってしまう。幽斎は、大根おろしがたっぷりかかった〝みぞれ蕎麦《そば》〟を手繰《たぐ》りながら、浪人者の話に耳を傾けていた。

蕎麦を食べ終えると、熱燗をもう一本頼んだ。それがちょうど届いた頃、浪人者が店をふらりと出た。

――静かになったな――

幽斎は微かな笑みを浮かべ、酒を呑む。すると、隅に陣取っていた破落戸《ごろつき》風の四人組も、店を出ていった。

浪人者は近くの草むらで立小便を済ませ、振り返ったところで、破落戸どもに囲まれた。四人とも見るからに柄が悪く、不敵な笑みを浮かべている。浪人者は身構えた。

「おぬしら、何奴《なにやつ》」

「それは、こちとらの台詞《せりふ》よ。てめえ、何者か知らねえが、いい気になってんじゃねえぞ。ここらはな、俺たち諫早組《いさはやぐみ》の縄張りなんだ。てめえみてえな、どこぞの馬の骨にでかい顔されたんじゃ、示しがつかねえってことだ」

「そういう訳だ。ここら辺をうろうろするっていうなら、ショバ代として、いくらか払ってもらおうか。おう、有り金全部、出しな」

破落戸どもは懐手《ふところで》で、にやけながら迫ってくる。

「てめえ、さっき店で婆あ相手に騒いでいたじゃねえか。この世は金だって。そのとおり、この世は金だ。だから金で話をつけようじゃねえか。痛い目に遭いたくなかったら、金を出せってんだ」

「なにをっ」

浪人者が刀に手をかける。破落戸たちは嘲笑《あざわら》った。

「けっ、思ったとおり、口先だけの素浪人《すろうにん》様か。金を持ってないようなら、せめて刀だけでもいただくとするか」

破落戸たちは脇差《わきざし》を抜き、浪人者に向かって構えた。四方から脇差を突き付けられ、浪人者の痩せて筋張《すじば》った躰に、緊張が走る。

薄闇に、鯉口《こいぐち》を切る音が響く。浪人者が抜刀《ばっとう》すると、すぐさま破落戸の一人が斬りかかった。

浪人者はそれを鮮やかにかわし、うおおっ、と咆哮《ほうこう》を上げながら、破落戸の手首を峰《みね》打ちで叩き付けた。

「ぎゃあっ」

破落戸は脇差を落とし、もう一方の手で手首を押さえて転がった。浪人者の力は、どうやら凄《すさ》まじいもののようだ。浪人者は、落とした脇差を蹴飛ばし、大川へと沈めた。

それを見て、ほかの破落戸たちは一瞬怯《ひる》んだが、気を取り直して次々に襲いかかっていく。

「おのれ」

一人の破落戸が真正面から脇差を振り下ろし、刃をぶつけ合う。寒月《かんげつ》の光が片刃に煌《きら》めき、凍《い》てつくような音を立てて、火花が散った。

鍔《つば》迫り合いになると、浪人者が強い力で撥ね返す。その勢いで、破落戸の肩先を浪人者の切っ先が掠《かす》めた。血飛沫《ちしぶき》が飛び散り、この破落戸も凄まじい悲鳴を上げて、ひっくり返った。

「この野郎」

残り二人のうちの一人が、またも真正面から脇差を振りかざす。浪人者は素早く身をかわそうとしたが、相手はたいそうな大男なので、覆《おお》い被《かぶ》さるように脇差を振り下ろしてきた。浪人者はそれを遮《さえぎ》り、再び鍔迫り合いになる。大男が全力で脇差を押さえ付けてくるので、浪人者もさすがに苦戦した。

「うううっ」

浪人者は全身に力を漲《みなぎ》らせ、奥歯を食い縛った。顔を鬼のように真っ赤に染めて、脇差を押し返す。大男の力は凄まじく、押し潰されてしまいそうだ。

雲が動き、寒月を覆い隠す。

浪人者の刀と、破落戸の脇差が、鋭い音を立てて突き放された。

再び雲が動き、寒月が覗《のぞ》いた。

浪人者が破落戸に刀を振り上げたその時、残りのもう一人の破落戸が、懐から短刀《どす》を抜いて浪人者に突進した。

浪人者は急いで身をかわしたが、短刀は、彼の腿《もも》を掠め斬った。浪人者は叫び声を上げ、倒れた。浪人者めがけて、大男が脇差を振り上げる。

その時……どこからか小石の如《ごと》きものが飛んできて、大男の額《ひたい》に命中した。

「いっ、痛《いて》えっ。なにしやがんだ」

大男は額を押さえ、あたりを見回す。

薄闇の中に、低く妖《あや》しい声が響いた。

「無勢に多勢とは、なんと卑怯《ひきょう》な」

漆黒の髪を夜風に揺らしながら、幽斎が立っていた。

大男は、鼻で笑った。

「てめえか、今、俺に石を投げたのは」

「石ではありません。水晶玉です」

「どちらでも同じだ。俺様に何かをぶつけるなんざ、いい度胸してんじゃねえか、おかま野郎」

幽斎は紅い唇に、薄笑みを浮かべた。

別の破落戸も挑発《ちょうはつ》する。

「なんだ、てめえは。女みてえな男だ、気持ち悪い」

浪人者を斬ったその破落戸は、短刀を手に、幽斎へ向かってくる。

幽斎はしなやかに身をかわし、その破落戸の頬《ほお》を思い切り叩くと、手首を摑《つか》んで捻《ひね》り上げた。

「うわあっ、いっ、痛《いて》えっ」

破落戸は情けない声を上げ、短刀を落としてしまう。幽斎はそれでも容赦《ようしゃ》なく、手首を捻りながら引っ張っていき、背負い投げで大川へと放り込んだ。

大きな音を立て、冷たい川へと破落戸が呑み込まれていく。

女と見紛《みまご》うほどに華奢な幽斎の強靱《きようじん》な力に、浪人者と破落戸どもは、息を呑んだ。大男も驚いたようだったが、我に返ると、脇差を振り回して幽斎に向かっていった。

「危ない」

浪人者が叫ぶ。

「この化け物が」

大男が脇差を振り下ろそうとした瞬間、幽斎は舞うような所作で鮮やかによけ、敵の背後にするりと回った。それは、傍《はた》で見ていた者たちにもはっきり分からぬほどの、瞬時の動きだった。

幽斎は破落戸の首筋を左手でぐっと摑むと、右手の人差し指と中指を口元に当て、小声で呪文を唱え始めた。

「臨《りん》・兵《びよう》・闘《とう》・者《しや》・皆《かい》・陣《じん》・列《れつ》・在《ざい》・前《ぜん》」

幽斎の緑がかった目が、翡翠《ひすい》の如く光り始める。すると大柄な破落戸の躰から忽《たちま》ち力が抜け、崩れ落ちていく。幽斎は呪文を唱えながらその破落戸を引っ張っていき、大川へと放り投げた。

大きな音を立てて破落戸が沈んでいった後、急に静けさが広がる。立ち去ろうとした幽斎に、腿を押さえながら、浪人者が声をかけた。

「待ちな」

幽斎は振り向かずに、立ち止まった。

「悔しいが礼を言うぜ。俺は日下部兵庫《くさかべひょうご》。脱藩して江戸へ流れてきた浪人者だ。おぬし、幽霊みたいな態《なり》して強いんだな。驚いたぜ」

幽斎は振り返り、ふっと笑んだ。

「私は邑山幽斎。薬研堀で占い処を開いております。お見知りおきを」

「……おぬし、刀も持っておらぬのに、本当に素手で倒したのか。いったい何をしたんだ。どうやって、あの、おぬしよりはるかにデカい奴を、川へ放り込んだんだ」

日下部は目を丸くしている。笑みを浮かべたまま無言の幽斎に、日下部は食い下がった。

「教えてくれよ。いったい、何をしたっていうんだ」

「……私の刀は、これです」

幽斎は、しなやかな中指と人差し指を、再び口元に当ててみせた。呆気《あつけ》に取られる日下部に、幽斎は続けて言った。

「ただ、まじないを唱えただけですよ。この者たちが頭を冷やしますように、と」

幽斎は、押し黙ってしまった日下部に一礼すると、黒い羽織《はおり》を翻《ひるがえ》して夜道を飄々《ひょうひょう》と歩いていった。

二

ちらほらと雪が舞い散る夜、南町奉行所の廻《まわ》り方同心たちの新年会が開かれていた。場所は、八丁堀《はっちょうぼり》は水谷町《みずたにちょう》の料理屋〈さくま〉だ。

幹事を任された木暮小五郎《こぐれこごろう》がこの店に決めたのは、料理が申し分なく、こぢんまりと落ち着いているからだ。

出席したのは、木暮たち廻り方同心のほか、その筆頭である田之倉《たのくら》や、馴染《なじ》みの岡っ引きや下っ引きたちなど二十名ほどである。〈さくま〉の女将は店を貸し切りにしてくれたので、気兼ねなく楽しめた。

　ちなみに廻り方同心とは三《さん》廻りともいい、定町廻《じょうまちまわ》り同心、臨時廻り同心、隠《おん》密《みつ》廻り同心から成る。南町、北町奉行所それぞれに、定町廻り同心は六名、臨時廻り同心は六名、隠密廻り同心は二名いる。

　木暮は定廻りを務めていた。小銀杏髷《こいちょうまげ》をきりりと結《ゆ》って、着流しに黒羽織を纏《まと》い、腰には大小二本の刀。足にばら緒の雪駄《せった》を履《は》いて、日々江戸の町を闊歩《かっぽ》している。

　皆で美味なる料理と酒を堪能《たんのう》しながら、和やかに宴《うたげ》は進んだ。

「〝鯛《たい》の刺身〟ってのは最高ですな。舌が蕩けてしまいそうですよ。見た目もなんとも美しいし」

「山葵《わさび》醬油《じょうゆ》で食べてもよし、辛味噌《からみそ》で食べてもよし。まことに贅沢《ぜいたく》な味わいだ」

「この店の雰囲気、いいなあ。癒《いや》されるよ」

　嬉々として料理を頬張る同輩たちを眺《なが》めながら、桂右近《かつらうこん》が木暮に耳打ちをした。

「木暮さん、よかったですね、この店を選んで。皆、喜んでいますよ」

「うむ。新年会だから、もう少し気取った店でもいいかなと思ったが、くつろげるところにして正解だったようだ」

木暮は満足げな顔で頷いた。

木暮小五郎は四十五歳、仕事場では上役に叱《しか》られ、家では御新造《ごしんぞ》にあれこれ文句を言われる、うだつが上がらぬ男だ。どちらかと言えば三枚目だが、美人女将といい仲になってしまうというような、ちゃっかりした面も持っている。

桂右近は四十三歳。こちらは木暮と違って、いかにも品のある二枚目だ。仕事はそつなくこなし、温厚で誠実、よき夫であり、よき父親である。

決して似ているようには思えぬ二人だが、結構馬が合っていて、仕事帰りに一緒に呑むことも多い。木暮といい仲の女将がいる料理屋は、二人の行きつけである。だが、そこはとっておきの店なので、新年会には使わなかったのだ。

皆に酒が廻り始めた頃、戸ががらがらと開き、袴《はかま》を着けた男が入ってきた。和やかな空気が一転、張り詰める。その強面《こわもて》の男は、堂々とした貫禄《かんろく》に溢《あふ》れていた。同心たちは緊張して背筋を正すも、木暮は顔をぱっと明るくして、勢いよく立ち上がった。

「これはこれは宇崎《うざき》様。よくお越しくださいました。光栄至極《しごく》に存じます」

深々と頭を下げる木暮に、吟味方与力《ぎんみかたよりき》である宇崎竜之進《りゅうのしん》は笑みを浮かべた。

「そんなにかしこまるな。せっかくの新年の祝いの席だ。今宵は無礼講《ぶれいこう》で参ろう。俺も楽しませてもらうぞ」

　宇崎は眼力が鋭いわりに、笑顔は優しさに満ちている。名与力と謳《うた》われる宇崎は非常に厳しい面もあるが、思いやりに溢れており、彼を慕《した》う下役は多かった。木暮もその一人だ。それゆえ断られるのを承知で、新年会に誘ってみたのだ。

　宇崎の答えは、行けたら行こうと、素っ気ないものだった。それゆえ期待していなかったのだが、本当に来てくれたのだから、木暮の喜びようといったらない。

「さ、さ、こちらへ」

　木暮は満面に笑みを浮かべ、宇崎を上座へ通した。宇崎は木暮の肩を叩き、悠々と進む。かしこまるなと言われても、桂をはじめ、皆、緊張の面持ちだ。

　宇崎が席に着くと、筆頭の田之倉が擦り寄り、頭を下げた。

「宇崎様、本日はまことにありがとう存じます。宇崎様がおいでくださると分かっておりましたら、もっとよい店にしましたものを……。宇崎様のこと、木暮は私に何も報《しら》せなかったのでございます。後ほど、厳しく叱っておきます。本当に申し訳ございません、この程度の店で」

「いや、いい店ではないか。小綺麗《こぎれい》で、なんとも明るく温かな雰囲気に満ちている。中に入った途端、外の寒さを忘れたほどだ。俺は好きだぞ、こういう店は。紹介してくれた木暮には感謝する」

宇崎の言葉が、木暮の胸に沁《し》みる。酒を運んできた女将に、すぐに料理も持ってくるよう、木暮は頼んだ。

田之倉は、どうにか宇崎の機嫌《きげん》を取ろうと、酒を注《つ》ごうとする。宇崎はやんわりと断った。

「手酌《てじゃく》で勝手に呑むから、お前らも好きに呑め。今宵は無礼講だ、何度も言わせるな。お前が俺に気を遣《つか》うと、皆も楽しめんじゃないか」

「はい……」

田之倉はつまらなそうな顔で引き下がる。木暮と桂は顔を見合わせ、溜息《ためいき》をついた。

この田之倉、なまっ白《ちろ》くて嫌味なことこの上なく、どうして筆頭になれたのかが不思議なほどに無能な男なのだ。ゴマすりだけは得意であるから、その成果であろうと思われる。上には媚《こ》びへつらい、下には威張《いば》り散らしていて、木暮や桂はいつもその被害に遭っているという訳だ。

そんな嫌味な上役が宇崎につれなくされ、木暮と桂は内心愉快であった。

新しく運ばれてきた料理は〝海老《えび》の真薯《しんじょ》揚《あ》げ〟だった。頰張るなり、宇崎は相好《そうごう》を崩す。

「うむ、旨い。外はさくさく、中はふわっと、堪《たま》らぬ味わいだ。海老の芳《こう》ばしい旨みが詰まっておる」

笑みを浮かべて嚙み締める宇崎につられ、同心たちも箸をつける。

「どうだ、旨いだろう」

宇崎が訊ねると、皆、口を揃えた。

「はい、とても」

真薯揚げで酒はますます進み、同心や岡っ引きの緊張もほぐれ、まさに無礼講になってゆく。岡っ引きや下っ引きの中には、木暮の手下である忠吾《ちゅうご》や坪八《つぼはち》の姿もあった。この親分と子分、その大柄と小柄な外見ゆえ、八丁堀界隈《かいわい》では〝羆《ひぐま》の忠吾〟〝鼠《ねずみ》の坪八〟として知られていた。いつもは賑《にぎ》やかな二人だが、今日は控えめに、おとなしく楽しんでいる。

宴は盛り上がり、やがて話は〝世直し人〟に及んだ。世直し人とは、一年ほど前に江戸に現れた、世にはびこる悪を懲《こ》らしめる者たちだ。

悪者を捕らえて裁く権限があるといっても、町方には手が出せない者というのがいる。たとえば下手人が大名・旗本・御家人である場合は、町奉行は裁くことが出来ない。上様の直臣《じきしん》となる彼らは、町奉行の支配違いとなるからだ。そもそも彼らを捕縛することも、町方の役人には容易《ようい》には出来なかった。

木暮たち町方同心は、武家の身分でいえば、下っ端《したっぱ》の足軽である。それゆえ、仮に罪人と分かってはいても、色々と見逃さねばならぬこともある。心の中では反発しつつも、武士の世に生きていれば、長いものに巻かれなければならぬことが多々あるのだ。

木暮や桂をはじめ、同心たちは誰もが、多かれ少なかれ煩悶《はんもん》を抱いているだろう。法で裁けぬ悪、捕らえられぬ悪人が、罷《まか》り通っているのが世の常なのだ。

ところが世直し人たちは、そのような悪人どもを、怖いものなしに懲らしめる。世直し人たちによって成敗され、悪事が白日《はくじつ》のもとに晒《さら》された結果、申し開きが出来なくなって処罰された旗本もいるのだ。

世直し人たちはいまや江戸っ子たちの英雄であるが、その正体は、一向に摑めていなかった。分かっているのは複数であることと、どうやら女も交じっているということぐらいだ。彼らについては同心たちも気になるようだった。

「奴らが此度《こたび》懲らしめたのは、昨年から巷《ちまた》を騒がせていた〝噂流し集団〟だったでしょう。だから町の者たちは、またも大喝采《だいかっさい》を送っているようですよ」

「相当、酷《ひど》いことをしていたようだからな。根も葉もない噂や中傷、悪口讒言《あっこうざんげん》をあちらこちらで言いふらし、罪なき人々を追い詰めていく。奴らの被害に遭って、自害に追い込まれた者や、店を仕舞《しま》わずにいられなくなった者まで多く現れたと聞いた」

「そして、ついに世直し人たちが立ち上がったという訳ですな。いや、驚きましたよ。松の内が終わってすぐに、日本橋の上から、十人ほど並んで吊り下げられていたのですから。それも寒空の下、皆素っ裸で、相当懲らしめられた体《てい》で。新年早々なんの見世物《みせもの》だと、大騒ぎになりましたものね」

「彼奴《きやっ》らの血が滲《にじ》んだ躰には、紙が貼ってあったな。《言葉の暴力許すまじ。哀れなる卑怯者には天罰を》と。なるほど、哀れなる卑怯者、か。奴らは誰に頼まれたのでもなく、自分たちの鬱憤《うっぷん》を晴らすかのように悪口を言いふらし、人を陥《おとし》れていたんだ。自分たちがちょっとでも気に食わぬ者、妬《ねた》ましく感じる者を標的にしてな。人を陥れるためには、偽《いつわ》りの噂をでっちあげることも厭《いと》わない。そして、相手が弱っていくのを見るのが、堪らなく愉《たの》しかったという。……そんなことでしか喜びを得られないのなら、確かに哀れというしかなかろう。奴らの中には、旗本や御家人の子もいたというから、世も末だ」

「言葉の暴力は、時として人の命さえ奪ってしまうのですね。怖いことです。それなのに殺しとしては認められない。そこで世直し人たちの出番と相成《あいな》ったのでしょう。彼らは、悪人どもを懲らしめる際に暴力を振るいますが、命を奪うことは決してしませんね。そこらへんが彼らの情けなのか、美学なのか、それとも小《こ》賢《ざか》しさなのか、分かりませんが。まあ、ああして派手に痛めつけるのは、悪者どもを白日のもとに晒して、二度と悪さが出来なくなるようにしようってえ魂胆《こんたん》でしょうね」

「世直し人の奴ら、果たして本当に正義の者なのか否か。正体も正邪も知れずの、謎の者たちだぜ。いったい、奴らはどういう方法で、悪さをしている者たちの素性《すじょう》を摑んでいるのだろう。やはり、どこかの闇の世界と繋がっているんじゃねえかな」

「瓦版《かわらばん》などでは、もてはやされていますよ。よくやった、またも江戸っ子たちの心を摑んだと、称賛の嵐。何者とも知れぬ陰の者たちが、一躍《いちやく》、江戸の英雄になっておる始末です」

するとと田之倉が、宇崎の顔色を窺いつつ、皆を叱り飛ばした。宇崎の前で、貫禄のあるところを見せておきたかったのだろう。

「世直し人などという、どこの馬の骨とも分からん奴らにこうものさばられては、奉行所の面目《めんぼく》は丸潰れだ。お前ら、情けないことばかり言っておらずに、早く奴らを捕まえろ」

田之倉が喚《わめ》くも、宇崎はよく通る低い声を響かせた。

「あの者たちは捕まえなくてよい。暫く放っておけ」

宇崎の鶴《つる》の一声で、田之倉は押し黙ってしまう。

木暮と桂は顔を見合わせ、微かな笑みを浮かべた。宇崎のような上役がいるのは、やはり頼もしく、喜ばしいことなのだ。

女将が次の料理を運んできた。〝鴨《かも》と葱《ねぎ》の柚子餡《ゆずあん》かけ〟だ。じっくりと焼いた鴨肉と白葱に、柚子餡がかかっている。皆、目尻を垂らしながら箸を伸ばし、頬張ってさらに目を細めた。適度に脂の乗った鴨肉に、柚子の風味の餡が絡《から》まって、さっぱりと、いくらでも食べられそうだ。

女将は丁寧に礼をして下がる。皆で料理を味わいつつ、また別の話題となった。

「そういえば、薬種問屋の件も気になりますね。我々の受け持ちではありませんが」

「ああ、あの、西新井大師の門前町にある〈大黒屋〉だろう。あれもおかしな話だよな」

「望んでも子が出来ぬ者たちを相手に、〈幸妊薬〉などという不妊の治療薬を高値で売りつける。そしてお客が八両ほど費やした頃に、もう飲み続けても無駄だ、と告げる。怒ったお客が訴えようとするも、町奉行所にも寺社奉行所にも断られ、辿《たど》り着くのは馬喰町の公事宿。そこでも勝ち目がない訴えと見られ、断られ続けるが、どういう訳か引き受けてくれる公事師が一人だけ現れる。ところがその公事師が食わせ者のようで、手間賃が必要だのと巧《うま》いことを言われて、そこでまた一両払わされた挙句《あげく》、無情な言葉が待っているそうだ。しかるべきところで薬を調べてもらったところ何も問題はありませんでした、訴え出ることは出来ません、とね」

話をしつつ、同心たちは顔を顰めた。

「公事師までもが共謀しているとすれば、実に悪質だ。薬を買った者が損した金額は、結局、八両と一両で合わせて九両。十両盗めば、十両騙れば死罪となるがゆえに、悪事が露見して大事になった時のことを考えて、九両の騙りにとどめているのだろう」

「一人から騙し取るのが九両だとしても、塵《ちり》も積もればなんとやら。人の弱みに付け込んで、どれほど稼いだことか」

「〈大黒屋〉は一年ほど前に店を開いたというが、繁盛《はんじよう》しているらしいな」

薬種問屋〈大黒屋〉のある御府外門前町は寺社奉行の受け持ちとなるが、馬喰町の公事宿は町方の受け持ちになるので、そこは一度探りを入れてみてもいいのではという話も持ち上がった。

臨時廻りを務める、最年長の同心が腕を組んだ。

「しかしなあ、どうしても子が出来ぬなら、養子を考えてみてもよいとは思うのだが。やはり血の繋がった子を望むのだろうか。うちも長年子宝に恵まれず、養子をもらった。じゅうぶんに可愛《かわい》いものだよ」

木暮が頷く。

「うちも養子なので、よく分かります。血が繋がっていてもいなくても、育てているうちに、不思議と真の我が子のように思えてきますよね。今じゃ……カミさんなどより、倅《せがれ》のほうがずっと可愛いですわ」

桂が微笑んだ。

「私は自分自身が養子でしたが、とても大切に育ててもらいました。感謝の限りです」

「確かお前は伊賀組《いがぐみ》同心の三男で、養子先が町方同心の家だったんだよな」

「ええ。養父も定廻りを務めておりました。小さい頃にもらわれたせいか、養父母という意識はまったくなかったですね。本当の父母だと思っておりました」

若手の同心が口を挟んだ。

「公事師に騙されてようやく諦めがつき、養子をもらうことを決めた人たちもいるようですよ。そういう夫婦は幼子を連れて、笑顔で再び西新井大師に参詣《さんけい》に訪れるそうです」

「〈大黒屋〉には、二度と訪れないだろうがな」

苦笑いしているところへ、女将が新しい料理を運んできた。湯気の立つ〝鱈《たら》鍋《なべ》〟だ。鱈をはじめ、葱、春菊《しゅんぎく》、人参《にんじん》、椎茸《しいたけ》、豆腐《とうふ》がたっぷり入っている。

熱々の具材を煎《い》り酒につけて食べると、躰の芯にまで沁みるような美味《おい》しさだ。

ちなみに煎り酒とは、酒に梅干しや鰹節《かつおぶし》、醤油などを加えて煮詰めたものである。

「雪の日に鱈を味わうなど、なんとも風流だ」

宇崎は満足げに目を細める。

「世知辛《せちがら》い世でも、旨い料理は心を癒してくれますな。もちろん、躰も」

「まことに」

鱈鍋に舌鼓《したつづみ》を打ちながら、皆、満面に笑みを浮かべる。

その後、雑炊《ぞうすい》で〆《しめ》られた鍋を綺麗に食べ終えると、宇崎が席を立った。

「明日早いから、先に失礼する。心ゆくまでたっぷり呑んでいってくれ」

「は、はっ」

皆、背筋を正し、深々と辞儀をする。木暮は、足早に去ろうとする宇崎を追いかけ、改めて礼を述べた。

「お忙しいところ、本日はまことにありがとうございました。御一緒出来て、心より嬉しく思います。宇崎様のおかげで、よい一年になりそうです」

「おう、俺も嬉しかったぜ。何かあったら、また呼んでくれな」

宇崎は木暮の肩を叩いて笑った。

店の外まで見送りに出た木暮の懐に、宇崎は素早く包みを忍ばせ、じゃあと去っていく。木暮は驚き、宇崎に走り寄った。

「おっ、恐れ多くも、こ、こんなことまでしていただいては」

「なに、年玉と思って取っておいてくれ。たいした額じゃないけどな。いい店を紹介してくれた礼だ。まだ暫くいるのだろうから、皆で鱈腹呑んで食って、その足しにしてくれ。……木暮、今年もよろしくな」

木暮は言葉を失ってしまい、ひたすら頭を下げる。宇崎は木暮の肩を再び叩き、粉雪が降る中を、傘を差して去っていく。

雪明かりで、夜でも町がぼんやりと光っているように見えた。木暮は宇崎の姿が見えなくなるまで、軒先に佇《たたず》んでいた。

木暮は知っていた。宇崎の引き締まった広い背中の一面には、竜の刺青《いれずみ》が彫られていることを。

木暮が戻ると、田之倉が若い同心たちを相手に管《くだ》を巻いていた。宇崎が帰ったので、気が緩《ゆる》んで、地が出たというところだろう。

——まったく、同じ上役といっても、どうしてこうも違うのか——

木暮は溜息を一つつき、桂やほかの同心たちと酒を酌《く》み交わす。宇崎の大きな手の温もりが、まだ木暮の肩に残っていた。

夜も更《ふ》け、新年会はお開きとなり、一人また一人と帰り始める。やがて残っているのは、木暮と桂の二人になった。

桂はどうやら木暮と一緒に帰ろうと、待っていたらしい。だが、木暮は会計に手間取っていた。店のほうが間違えてしまって、やり直していて時間がかかるようだ。木暮は桂に告げた。

「先に帰ってくれ。雪が積もるかもしれねえからよ」

「いえ、待っていますよ」

「いいって。あまり引き留めちゃ悪いからさ。明日も早いしな」

木暮の気遣いが伝わってきて、桂は柔らかな笑みを浮かべた。

「それではお先に失礼します」

「おう、気をつけて帰れよ。雪の中、転ばんようにな」

桂は木暮に一礼し、店を出た。


雪が舞い降る夜道を、桂は一人で歩いた。雪見がてら酔いを醒《さ》まそうと、少し遠回りをして川沿いの道を行く。粉雪が融《と》けて流れていく川は、寒々としてはいるが、なんとも風情《ふぜい》があった。

その途中、日比谷町《ひびやちょう》の辺りで、橋の真ん中に佇《たたず》んでいる女を見かけた。

薄紫色の着物を纏った女は、今にも身投げしそうな様子だった。桂は傘を放って慌《あわ》てて駆けていき、女を必死で止めた。

「死なせてください」

桂の腕の中で、女は身を捩《よじ》ってもがいた。

「駄目だ。何があろうと、見逃すことは出来ぬ。人の命は重く、貴《とうと》いものなのだ」

桂は腕に力を籠め、女を押さえる。女は、いっそう身を捩った。

「私なんて、私なんて、どうせ生きていたって……」

「弱気なことを申してどうする。しっかりしろ、目を覚ますんだ。お前がいなくなったら、悲しむ者だっておるだろう」

桂が語気を荒らげると、女は急におとなしくなった。桂の腕に押さえられたまま、女が顔を上げる。

幸薄《さちうす》そうに見えるが、恐ろしいほどに美しく艶《なま》めかしかった。雪が降りかかった黒髪はまさに濡れ羽色、切れ長の目は大きく潤《うる》んでいて、漆黒の睫毛《まつげ》は長く、肌の色が透きとおるほどに白い。そして、なんとも言えぬ馨《かぐわ》しい薫りを漂わせていた。

桂は思わず息を呑んだ。

――雪女がいるとすれば、かような女《ひと》であろうか――

言葉を失ってしまった桂に、女は弱々しく微笑んだ。

「優しいのですね。私なんかにそう言ってくださるのは、貴方様《あなた》ぐらいです」

「言っただろう。私なんか、などと弱気なことを申すでない」

桂がむきになって叱ると、女はくすくすと笑いながらも、潤んだ目から涙を一滴こぼした。女を押さえる桂の力が、不意に緩む。女は細い指で涙を拭い、甘やかな声を響かせた。

「なにやら死ぬ気も失《う》せてしまいました。……お騒がせして申し訳ございません。もう早まったことなどいたしませんので、番所なりどこへでもお突き出しくださいまし」

腕の中の女にじっと見つめられ、桂はようやく手を離した。

女が言うように、番所に連れていくのが筋であろう。しかし、いつもなら分別を保って判断出来る桂だが、魔が差したのだろうか、酒が廻り過ぎていたのだろうか……この女が妙に気に懸《か》かった。

身なりや雰囲気から、素人《しろうと》女ではないと分かる。だが女は素直で、悪い者ではなさそうだと、桂は直感した。死にたいとまで思い詰めた女の心を、慰《なぐさ》めてやりたくなったのだ。

桂は女に微笑みかけた。

「今宵は冷えるな。よければ、どこか暖かな店で一杯呑まないか。私の名は、桂右近。南町奉行所の定町廻り同心だ」

女は驚いたように目を瞬《しばた》かせる。桂は道端に投げ捨てた傘を拾い、女に差しかけた。

「このままでは風邪を引いてしまう。……行こう」

女は小さく頷き、二人は一つの傘で歩いていった。

日比谷町を少し行くと居酒屋があった。寂れた小さな店だが、客も少なく、却って落ち着く。二人は座敷に上がり、盃《さかずき》を傾けた。

「腹が減っているだろう。何か頼もう。何がよい」

「何でもいただきます。桂様のお好きなものを頼んでいただけましたら」

女の顔からは哀しみが薄れていて、桂は安堵する。温かいものをいくつか注文し、桂は女を改めて眺めた。仄《ほの》かな明かりの下で見ると、女はいっそう美しく、悩ましい。

新年会の酔いはすっかり醒めてしまっていた。だが……こうして女と酒を呑みながら、桂に酔いが再び廻ってくる。その酔いは、いつもとは少し違っていた。なんとも甘く気怠《けだる》く、頭が微かに痺《しび》れるのだが、躰は鋭敏《えいびん》になるような、不思議な感覚だった。

料理が運ばれてくる。桂が〝鰤と大根の煮物〟に箸をつけると、女も〝湯豆腐〟を口に運び、顔をほころばせた。

「躰の芯まで温《ぬく》もるようです。私、お豆腐、大好きなので」

桂もつられて笑みを浮かべる。

「料理を食べて旨いと思えるなら、大丈夫、健《すこ》やかな証だ。旨いものを味わうためにも、生きていかねばな」

「……はい」

女は素直に頷き、刻んだ葱のかかった豆腐を頬張る。

「こちらも旨いぞ。食べてごらんなさい」

桂は女に、煮しめを差し出す。牛蒡《ごぼう》、人参、里芋《さといも》、蒟蒻《こんにゃく》、椎茸《しいたけ》が、彩りよく装われている。女は椎茸を摘《つ》まみ、目を細めて嚙み締めた。

「味が染みていて、美味しいです」

女の顔に精気が戻ってくる。二人は同じ皿の料理を摘まみ合い、酒を呑みながら、話をした。

女はお藤《ふじ》という名で、流れ芸者とのことだった。江戸へは半年ほど前に来たそうで、以前は駿河の鞠子《まりこ》にいたという。

「二親とは、幼い頃に死に別れましてね。頼る親類縁者もなくて、流れ流れるだけの身なのです」

お藤は溜息をついた。桂はお藤に酒を注いだ。

「江戸に腰を落ち着けてみてはどうだ。何か仕事を世話してやることが出来るかもしれない。力になるぞ」

桂の頼もしい言葉にも、お藤は弱々しく笑むばかりだ。

「本当にお優しいのですね。……私だって、正直なところ、堅気《かたぎ》の仕事に就《つ》きたいのです。でも、流れ芸者の元締め夫婦がいましてね。彼らが非道な者たちで、私たちの儲けを奪い取ってしまうのです。だから、そう簡単には抜け出すことが出来ないのです」

お藤は顔を曇《くも》らせ、目を伏せる。長い睫毛が、白い頬に影を作った。華奢なうなじ、衿元《えりもと》から覗く艶《つや》やかな肌に目を奪われながら、桂は黙ってしまう。お藤は酔いが廻ってきたのだろう、口数が多くなっていた。

「生きていたって、人並みの幸せなど、いつになっても手に入らないでしょう。そう思うと虚《むな》しくなってしまって……。いっそ川に身を投げて、沈んでしまおうかと思ったのです」

お藤は世を儚《はかな》み、衝動的に身投げをしようとしたようだ。桂は盃を呑み干し、訊ねた。

「お前を身請《みう》けするには、いくらかかるのだ」

だがお藤は何も答えず、潤んだ目で桂を見つめるだけだ。

お藤の身の上を聞くにつれ、桂の心に同情とともに、この女をどうにかして助けてあげたいという熱い思いが込み上げてくる。

「諦めてはいけない。生きていれば、必ず希みが見えてくる。信じるんだ」

桂は思わず、お藤の手を握《にぎ》った。身投げを止めた時のお藤の躰は冷え切っていたが、温かな料理と酒が廻った今、その華奢な手は少し温もっていた。

お藤はもう片方の手を、桂の手の上にそっと載せる。そして無言で、桂の手を優しくさすった。

お藤からは、花のように甘く悩ましい薫りが漂ってきた。桂の頭は痺れるようにくらくらしてくる。それなのに躰の感覚は、酒を呑む前よりも冴《さ》えているのだ。

　お藤の潤んだ目で上目遣いに見つめられ、桂の正気は、さらに失われていくようだった。

　居酒屋を出る頃には、お藤の足取りは覚束《おぼつか》なくなっていた。お藤を支えるように、桂は傘を差して歩いた。お藤は華奢に見えるが、胸やお尻が悩ましく膨れていることに、桂は気づいていた。

「送っていこう。どこの宿に泊まっているのだ」

　桂が問うと、お藤は酔った口調で答えた。

「ここから少し離れておりますので、一人で帰ります。これ以上、御迷惑をおかけ出来ません。大丈夫です」

「こんな雪の夜に、放っておくなど出来ないぞ。どうしたものか」

　そう返しながら、桂の頭にふとある考えが過《よぎ》った。近くに旅籠《はたご》があれば、そこに泊めてもらえばよいと。しかし適当な宿はなかなか見当たらなかった。お藤は、これ以上歩くのは辛いようだ。木戸はとっくに閉まっている刻限なので、そう動くことも出来ない。

　すると、一軒の出合茶屋《であいちゃや》が桂の目に留まった。いわゆる、連れ込み宿の如き場所である。とは言っても、表向きには昼間しか営んでおらず、宿泊のお客は受け入れていないはずだ。

　だが、その出合茶屋の中からは明かりが漏《も》れている。どうやら密かにお客を泊めているようだった。小さな看板には〈花《はな》かずら〉と書かれてある。

　桂は固唾《かたず》を呑み、お藤を見やった。もたれかかるお藤の感触が、桂を突き動かす。桂はお藤を抱えながら、出合茶屋へと入っていった。

　茶屋の主人は、同心姿の桂を見て顔色を変え、狼狽《うろた》えた。違法の営みを叱責《しっせき》されると思ったのだろう。だが桂が、

「連れの具合が悪くなってしまったので、泊めてもらえぬか」

　と静かに言うと、主人は察したように、殊勝《しゅしょう》な態度で中へ通した。

　部屋に入ると、桂はお藤を布団《ふとん》に寝かせ、一息ついた。布団の敷かれた部屋と、炬燵《こたつ》が置いてある部屋は分かれているが、襖《ふすま》や衝立《ついたて》で区切られてはいなかった。

　すぐにお茶が運ばれてきたので、桂は炬燵にあたりながら、それを啜《すす》った。お藤は布団から身を起こし、後れ毛を直しつつ、桂をじっと見つめる。桂は苦い笑みを浮かべた。

「何もせぬよ。私はこちらの部屋で寝るから、お前は布団でぐっすり眠りなさい。もう深夜だから、ほかによい場所を探せなかった。このようなところで我慢してくれ」

「ありがとうございます」

お藤は微かな声で礼を言い、頭を深く下げた。だが、躊躇いがあるのだろう、薄紫色の着物のまま横たわろうとするので、桂は声をかけた。

「見ておらぬから、着物は脱ぎなさい。せっかくの綺麗な着物に皺が出来るぞ。私のことなど気にしなくてよい」

桂はお藤に背を向け、お茶を啜る。お藤はまたも微かな声で「はい」と答え、着物を脱ぎ始めた。

白藤色の帯を解《ほど》く音が、桂の耳に聞こえてくる。目を逸《そ》らしてはいても、桂は躰の奥がかっと熱くなるのを感じた。

着物を脱ぐ音に続いて折り畳む気配があった。お藤が襦袢《じゆばん》姿になっていることは想像がつく。

お藤は淑《しと》やかな声を響かせた。

「おやすみなさいませ。……あっ」

小さな悲鳴を上げたので、桂はついに振り返った。お藤は襦袢姿でお腹を押さえていた。

「どうした」

桂は思わず駆け寄る。お藤は美しい顔を微かに歪《ゆが》め、首を振った。

「大丈夫です。……寒い夜なので、冷えたのかもしれません。ごめんなさい、御心配おかけしてばかりで」

「気にするな」

桂はお藤の腹に手をあて、そっとさすった。

「どうだ、まだ痛むか」

「もう、大丈夫です。……少しも痛くありません」

二人は見つめ合う。純白の襦袢は、お藤の白い肌をいっそう輝かせて見せた。お藤の潤んだ黒い瞳を見つめるうち、桂に残っていた正気は、ついに崩れ落ちてしまった。

桂はこの時まで、必死で欲望に抗《あらが》っていたのだ。

桂はお藤を抱き締め、その紅い唇に、己の唇を押しつけた。こうなれば、もう止まらない。桂とお藤は唇を吸い合う。お藤の唇はぽってりと艶めかしく、馨しく、味わっているだけで桂の血が滾《たぎ》ってくる。

唇を離すと、お藤は桂の胸に顔を埋《うず》めた。桂はお藤の頬を、そっと撫《な》でる。お藤は桂の手を取ると、その中指を唇に咥《くわ》えて、優しく嚙んだ。上目遣いで、桂をじっと見つめながら。

桂は堪らずにお藤を押し倒し、覆い被さって、そのしなやかな躰を撫で回す。豊かな乳房とお尻、くびれた胴の感触が、桂を搔《か》き立てる。

「……離さないでくださいまし、今宵だけでも」

お藤の切ない声が耳元で聞こえる。

「離すものか。……離しはせぬ」

桂は囁《ささや》き返しながら、お藤の唇を再び塞《ふさ》ぎ、吸い上げた。お藤の腕が、桂の背に絡みつく。桂の舌が、お藤の華奢な首筋、そして鎖骨《さこつ》へと這《は》っていく。

桂はお藤の襦袢をはだけさせ、胸元を露《あら》わにする。そして豊かな白い乳房に顔を埋め、甘えるように頰擦りした。

お藤の躰は昂《たか》ぶってくると、いっそう馨しい薫りを放った。

透きとおる肌が、仄かに染まっていく。

「ああっ、桂様……」

桂はお藤へと、埋もれていった。

翌朝、桂が目を覚ますと、お藤は傍《かたわ》らにいなかった。

「お藤……」

幾度か呼んでも、何の返事もない。桂は慌てて飛び起き、あちらこちらを探した。しかし、どこにもいない。お藤は姿を消してしまったのだ。

茫然《ぼうぜん》とする桂に、さらに追い打ちがかけられた。財布と十手《じって》が、無くなっていたからだ。

三

朝には雪もやみ、木暮は晴れやかな気分で奉行所に出仕した。昨日の新年会が好評だったせいか、同心たちはいつもより機嫌がよく、和気藹々《わきあいあい》としている。爽《さわ》やかな挨拶を交わしながら、木暮は思った。

——やっぱりたまには親睦会《しんぼくかい》ってのも必要なんだな。いやあ、皆に楽しんでもらえてよかったぜ——

喜んでいると、桂が同心部屋に入ってきた。その姿を見て、木暮はおやと思った。なにやらいつもと様子が違うからだ。

桂の顔色は悪く、妙にふらふらとしている。

――二日酔いか。……でも、桂は酒には強いはずだがな、俺よりもずっと。あいつが酔って乱れた姿なんて、見たことねえ。いつも決して姿勢を崩さず、水でも飲むように、平然と呑んでいやがる。では料理に中《あた》りでもしたか。いや、桂だけが中るというのもおかしいか――

木暮は桂の様子を窺う。

「おい、どこか具合よくねえのか。元気ないじゃねえか。風邪か」

木暮がさりげなく声をかけると、桂は殊勝に答えた。

「いえ。……昨夜、調子に乗って呑み食いし過ぎたようで、胃《い》ノ腑《ふ》が少々もたれてしまって」

「そうか。無理すんなよ」

木暮は微笑んで桂の肩を叩いたが、なにやらはぐらかされているような気がした。

日中、桂はやはりおかしかった。やけにそわそわしていて、心ここにあらずといった様子だ。だが仕事はこなしていたので、木暮はそれ以上気に懸《か》けぬようにした。

ところが、翌日もまだそのような状態だったので、さすがに木暮も心配になった。仕事中もなにやら魂が抜けてしまったかのように、ぼんやりとしていたからだ。木暮は首を傾げた。

――どういう訳か、仕事帰りに聞き出してみるか。さてはカミさんと大喧嘩《おおげんか》でもしたか。桂は愛妻家のはずだが。いずれにせよ、一度、話す必要はあるな。あんな調子じゃ、今に大事な仕事でしくじるかもしれねえ。場所は、個室の座敷があるようなところがいいだろう――

その日の仕事終わりに、木暮は桂を誘った。断られても、無理にでも連れていくつもりだった。

木暮と桂は、日本橋川沿いの小網町《こあみちょう》にある料理屋〈嘉つ屋《かや》〉二階の座敷で向かい合った。桂の顔色はやはり悪く、木暮とまともに目を合わせようともしない。

仲居《なかい》が運んできた酒を、木暮は桂に注いでやった。

「この店は、旨い饂飩《うどん》を食わせてくれるんだ。お前、胃がもたれてるって言ってただろ。そんな時でも饂飩ならいけるんじゃねえかと思ってな」

桂は目を伏せながら、弱々しく頷く。

「こんな寒い夜は、温《あった》けえものが一番だよな」

木暮は手を揉み合わせながら、桂に微笑みかける。依然《いぜん》、桂は黙ったままだ。

〝鰆《さわら》の煮饂飩〟が運ばれてきた。鰆のほか、ほうれん草、白葱、豆腐、慈姑《くわい》が載っている。

「鰆の旨みが出汁《だし》になって、なんとも穏やかで上品な味だな」

木暮は汁までずずっと飲み干す。桂もゆっくりとだが、平らげた。

存分に饂飩を味わった後、酒を吞みながら、木暮は切り出した。

「桂、お前、何かあったか。なんだか元気がねえじゃねえか。……新年会の後からよ」

桂は答えず、ただ黙って酒を吞む。木暮は酌をした。

「まあ、話したくないなら、無理には訊かねえけどよ。ちょっと心配になっちまったんだ、いつものお前らしくねえからさ。……ま、ここは俺の奢《おご》りだ。好きなだけ吞んでくれ」

　すると、木暮の気配りが胸に沁みたのか、よほど切羽詰《せっぱつ》まっていたのか、桂は注がれた酒をぐっと呑み干すと、堰《せき》を切ったように話し始めた。

　新年会の後、身投げしようとしている女を止めたこと。女を励ますつもりで一緒に酒を呑み……成り行きで一夜をともにしてしまったこと。目覚めると女が消えていたこと。そして、財布のみならず十手を失くしてしまったこと。

　事の顚末《てんまつ》を正直に話し終えると、桂は声を震わせた。

「我ながら、信じられぬような大失態です」

　木暮も言葉に詰まってしまう。

　財布はまだしも、十手を盗まれたというのは拙《まず》い。盗まれただけならまだいいが、悪用された場合、大事《おおごと》になってしまう。

　たとえば盗賊の一人が同心に化けて十手を見せて大店を開かせ、後から仲間が押しかけ、店の者たちを皆殺しにして金品を奪い取る――などということも起こり得るのだ。

　それゆえ、同心が十手を盗まれたとなれば命取りになる。決して、ほかの誰にも知られてはならない。桂が木暮に打ち明けたのは、切羽詰まっていただけではなく、やはり木暮を信用し、頼りにしているからだろう。

桂の気持ちを察し、木暮も出来る限り力添えをしてやりたかった。

「そのお藤っていう女の人相書《にんそうが》きを作って、密かに探っていくしかないだろうな。今から絵師のところへ行き、お藤の特徴を話すんだ。俺も一緒に行こう」

木暮は立ち上がろうとしたが、桂は思い詰めた表情で、腰を下ろしたままだった。

「どうした」

木暮が訊ねると、桂は俯《うつむ》いた。

「……酷く酔っていたので、女の顔など、実ははっきりと覚えていないのです。本当に曖昧《あいまい》で、巧く特徴を話せるかどうか、自信がありません。覚えているのは躰つきや、おおよその年齢ぐらいです」

それを聞いて木暮は目を瞬《しばたた》かせる。

「おいおい、女の顔もはっきり分からないようじゃ、探しようがないじゃねえか。どうするんだ」

桂は押し黙ってしまう。木暮は桂を眺めながら、首を傾げた。

「お前みてえな堅物《かたぶつ》が、ついふらふらして一夜をともにしちまったっていうんだから、お藤ってのは相当魅力がある女なんだろう。だいたい、お前、カミさんと一緒になってからほかの女に手を出したなんて、初めてだったんじゃねえのか」

桂は黙って項垂《うなだ》れるばかりだ。木暮は溜息をついた。

「……そういう蠱惑的《こわくてき》な女の顔をまったく覚えていないってのも、妙な話だが。まあ、お前がそう言い張るなら、仕方ねえな」

苦々しい顔の木暮に、桂は改めて頭を下げた。

「まことに申し訳ありませぬ。私も武士の端くれ、この落とし前は自分でつけます」

木暮は桂の肩を叩き、励ました。

「まあ、早まるな。不意にどこかで見つかるかもしれねえから、盗まれたことはまだ誰にも言うなよ。十手が出てくるまで、持っていないことを巧く誤魔化せ。なに、どうしても必要な時は、俺が貸してやるからよ。だから正直に告白するのは、お前が十手を失くしたことに、皆が気づいてからでいい。とにかく暫くは、誤魔化し通せ。皆が気づく前に、どうにかして見つけ出すんだ。俺も力添えする」

「かたじけない」

木暮の力強い言葉に、桂は思わず目頭を熱くさせながら、頷くのだった。

木暮は忠吾と坪八に頼んで、桂がお藤と一緒に入ったという出合茶屋〈花かずら〉を見張らせることにした。枕探しの常習犯ならば、お藤が再び、別の男を連れて訪れるかもしれないからだ。

「桂は、顔立ちははっきり覚えていないらしいが、色白で、背は五尺二寸ぐらい、柳腰《やなぎごし》で妖艶《ようえん》な雰囲気。流れ芸者とのことで、玄人《くろうと》風の、二十五歳ぐらいの女だという」

桂が十手を盗まれたことだけは、木暮は忠吾たちにも黙っていた。

桂は木暮に嘘《うそ》をついていた。

桂ははっきりと覚えていたのだ、お藤の顔を。人相書きも容易《たやす》く作れただろう。お藤を探したいのは山々だが、人相書きを作って訊ね歩くという方法は、桂は何やら嫌だったのだ。端《はな》から、お藤を〝お尋《たず》ね者〟の如くしてしまうようで。

桂は酷い目に遭いながらも、心のどこかでお藤をまだ心配していたのだった。

――よほど金に困っていたのだろうか。十手も質屋に持っていくつもりでは。それとも誰かに命じられて、あのようなことを仕出かしたのだろうか。それならば可哀《かわい》そうに――

お人好《ひとよ》しにも、桂は思うのだ。

――お前を身請けするにはいくらかかるのだ、と訊ねた時、お藤は何も答えなかったが、もし強《したた》かな女なら、黙って去ったりせずに、本当に身請けしようとするまで、私にもっと付け入ったのではなかろうか。そのほうが、財布など盗むより、ずっと得策であろうに。それとも、一介の同心には身請けは無理だと判じたのだろうか。あるいは、やはり何か深い事情があってのことだったのか――

桂は頬杖《ほおづえ》をつき、溜息を漏らすのだった。

忠吾と坪八が交互に〈花かずら〉を見張っていたが、お藤らしき女はなかなか現れなかった。

そして五日ほどが過ぎると、桂の様子がさらにおかしくなってきた。

まず目に見えて痩せてきた。顔色が真っ青で、頰はこけ、よく眠れないせいか、仕事中もぼうっとしている。田之倉に怒鳴られても、その声さえ聞こえていないかのようだ。

奉行所の者たちもさすがに桂の異変に気づき、心配の声が囁かれ始めた。

「桂さん、どうしたんでしょう。流行《はや》り病《やまい》にでも罹《かか》ったんでしょうか」

「御新造様と何か揉めているのでは」

根も葉もない噂が聞こえてくる。堪りかねた木暮は、桂に再び話を聞くことにした。

中ノ橋《なかのはし》を渡ったところ、南紺屋町《みなみこんやちょう》の料理屋〈そめや〉の座敷で、二人は向かい合った。桂の顔からは血の気が失せ、唇《くちびる》が青褪《あおざ》めている。

「いったいどうした。根が生真面目《きまじめ》なお前のことだ、失くした十手が気に懸かって夜も眠れねえのか」

桂は虚《うつ》ろな目を伏せたまま、何も答えない。木暮は眉根を寄せた。

「ったく、しっかりしろよ。まだ何も起きていねえから、心配は要らねえ。お前も男なら、もっと肝っ玉をでっかく持てよ。ほら」

木暮が徳利《とっくり》を傾けても、桂は身じろぎ一つしない。溜息をつき、木暮は手酌で一杯呑み干した。

「今のままじゃよ、奉行所の者たちだって、あれこれ勘繰り始めるぜ。お前の様子が明らかにおかしいと、皆、気づき始めているからな。……なあ、桂、お前の懸念《けねん》はよく分かるが、せめて周りに悟《さと》られないようにしろよ」

木暮が小言を並べていると、料理が運ばれてきた。湯気の立つ〝牡蠣《かき》鍋〟だ。味噌の匂いと相俟《あいま》ってふわりと漂う磯の香りに、木暮の顔も思わずほころぶ。鍋には、葱、春菊、糸蒟蒻《いとこんにゃく》、豆腐、椎茸がたっぷりと入っていた。

「〆《しめ》でお雑炊《ぞうすい》にいたしますね。ごゆっくりどうぞ」

仲居が下がると、木暮は舌舐《したな》めずりをして早速箸をつけた。肉厚の牡蠣を頰張り、目尻を垂らす。

「うむ。身がよく締まって、ぷりぷりと堪らぬ歯応えだ。嚙むと、とろりと牡蠣の旨みが蕩け出て、口の中に溢れていく。……いや、極楽の味わいよ」

木暮は暫く夢中で味わっていたが、半分以上食べたところで、桂が箸も手にしていないことに気づき、顔を顰めた。

「おい、お前も食えよ。俺ばっかり食ってると、なんだか俺が意地汚えみたいじゃねえか。恥掻かすなよ」

そうぼやきつつ、木暮はさらに心配になる。

――それほど参っているってことか――

桂はようやく口を開き、掠れた声を出した。

「木暮さん、よろしければ私の分も召し上がってください。どんなに旨そうな料理でも、とても喉を通りそうにありません……かたじけない」

項垂れる桂に、木暮は溜息をつく。

「そうか。……じゃあ、もらうぜ。残念だな、牡蠣の旨みが溶け込んだ、絶品の鍋なのにな」

結局木暮は、〆の雑炊まで二人分をたっぷり味わい、大きく膨れたお腹をさすって楊枝《ようじ》を銜《くわ》えた。

「なんだか申し訳ねえなあ。お前を誘っておきながら、俺ばっかり呑み食いしちまってよ。お前を励ますつもりが……不覚にもよ」

さりげなく木暮が徳利を傾けると、桂は、今度は盃《さかずき》を差し出した。きゅっと呑み干し、木暮を真っすぐに見る。だが、その目はなにやら虚ろだ。桂は青褪《あおざ》めた顔で、独《ひと》り言《ご》つように、語り始めた。

「私はこの頃、毎日のように、妙な夢を見るのです。それも、いつも同じ夢を」

木暮は眉根を寄せた。

「どんな夢だ」

「はい。それは私にとって、とても恐ろしい夢なのです。毎夜毎夜、夢の中で、私はある者を斬り殺すのです」

畳に出来た桂の影が、微かに揺れる。木暮は息を呑み、耳を傾けた。

「夢の中で私は、何者かに脅《おど》されています。顔ははっきり分からないのですが、男の声が聞こえてくるのです。十手を返してほしければ、あいつを殺せ、あいつを殺せ、と。そしてやむなく私は、その何某《なにがし》を殺《あや》める。私が殺すことになる何某は、決まって同じ者です。そのような夢を私はこのところ繰り返し見ているのです。眠るのが怖くなってしまうほどに」

桂の声が上擦る。

「……夢の中で、お前が唆《そそのか》されて殺すことになる何某ってのは、誰なんだ」

木暮の問いに、桂は口を閉ざして唇を嚙む。

「桂、はっきり教えてくれ。誰だ。お藤って女か」

「それは違います」

桂は首を横に振り、肩を落とした。木暮は桂を見つめながら、再び徳利を傾ける。桂はゆっくりと盃を差し出し、一息に呑み干して、大きく息をついた。

男二人、牡蠣鍋の匂いが残る座敷で、酒を酌み交わす。障子窓の外から、酔っ払いの嬌声《きょうせい》が微かに聞こえてきた。そちらに目をやり、木暮が酒を啜っていると、桂はぽつりと言った。

相手とは」
「若年寄《わかどしより》の、山内越中守《やまうちえつちゆうのかみ》右京介《うきようのすけ》殿です。……私が夢の中で決まって斬り殺す
木暮は目を見開いた。
山内越中守は、生真面目過ぎるところが玉に瑕《きず》と言われるほどに実直で、桂は
もとより誰からも恨まれるような者ではないと、木暮も知っている。
――あの越中守殿を斬り殺す夢を何度も見るというのだから、桂はいっそう気
味が悪《わり》いんだろうな――
木暮は桂の心情を察し、何と励ましてよいか分からなくなってしまう。桂は拳《こぶし》
を震わせた。
「木暮さん、私は恐ろしくて堪らないのです。……あまりに夢が真に迫ってい
て、いつか、いつか自分が本当に、越中守殿を斬りつけてしまうのではないか
と」
その悪い夢が桂を蝕《むしば》んでいることは、やつれ方を見ても、確かであろう。若年
寄といえば、公儀において老中に次ぐ重職である。その者を斬り殺す夢を立て続
けに見たりすれば、自分だって病んでしまうだろうと、木暮は思った。
「お前がその夢を見るようになったのは、十手を盗《と》られた後なんだな。それ以前

にもそういう夢を見たことはあるのか。正直に言ってくれ」

「いえ……まったくありません。十手を失くしてからです」

「そうか」

木暮は考えを巡らせながら、言葉を選んで桂を励ました。

「でもよ、桂。所詮《しょせん》、夢じゃねえか。お前がいくら斬りつける夢を見ようが、山内越中守殿はぴんぴんしておられる。だいたいお目見得出来る相手じゃねえ。なに、十手を失くしたことが気懸かりで、それが枷《かせ》となって、変な夢を見ちまうんだろう。もっと気を楽に持てよ。今日家に帰ったら、もう呑めんというまで酒をかっくらって、寝ちまいな。そしたら夢なんて見ねえで済むかもしれねえぜ。な、そうしろ」

木暮は桂の肩を叩いた。桂は黙って、何度も頷く。黒羽織を纏った桂の肩が、前よりもずっと薄くなっていることに、木暮は気づいた。

軽い口調で励ましたものの、木暮は懸念が膨れ上がっていくのを感じていた。

――これは何やら只事《ただごと》ではないかもしれん。悪い夢か……夢については、一度、幽斎さんに相談してみてもいいかもしれねえな――

第二章　妖しい夢

一

数日が経ち、桂に気鬱《きうつ》の症状が現れ始めた。顔色はますます悪くなり、仕事も手につかぬようだ。

「もう……頭がおかしくなりそうです。深酒して寝ても、同じ夢を繰り返し見るのです。眠るのが恐ろしくて起きたままでいようと思っても、うっかり目を閉じてしまうと、どこからかあの声が聞こえてくるのです……」

奉行所の廊下の隅で、木暮に打ち明けると、桂は蹲《うずくま》ってしまった。

――もはや、このまま放ってはおけぬ――

木暮はここに至って、幽斎のもとを訪ねることを決めた。


木暮と桂は、いい仲である女将の娘を介して、邑山幽斎とは顔見知りであった。学者並みに博識な幽斎には、今まで何度も力添えしてもらっている。

初めは幽斎に対して、――すかした野郎だな――などと思っていた木暮だが、彼の人柄に触れ、今ではすっかり信頼を置いていた。

木暮はまず一人で幽斎の占い処である〈邑幽庵〉を訪ね、相談してみた。

書物が堆《うずたか》く積まれた占い部屋で、木暮と幽斎、黒い羽織を纏《まと》った男二人が向かい合った。同心の木暮が闇をうろつく野犬ならば、陰陽師《おんみようじ》の幽斎は、闇を舞う鵺《ぬえ》といったところか。

木暮は桂が魘《うな》されている夢について、幽斎に話した。幽斎は話を聞き終えると、腕を組みながら訊ねた。

「桂殿がその夢を見るようになったのは、ここ最近でいらっしゃるのですか」

「うむ、そうみてえだ」

「すると……何かきっかけがあったと考えられますが、近頃、桂殿に何か異変はございませんでしたか」

美しき物の怪、幽斎の目が鋭く光る。木暮は頷いた。

「今月の半ばに新年会を開いたんだが、その帰り、桂の奴、なにやら怪しい女に引っかけられちまったようなんだ。一夜をともにして、目が覚めると女はいなくなっていた、って訳だ。それからなんだ、桂の様子がおかしくなっちまったのは」

「そうなのですか……」

幽斎は顎《あご》に手を添え、暫《しば》し考え込む。木暮は幽斎の顔を覗き込んだ。

「どうかしたかい、先生」

「いえ……。なにやら妙な気がしましたのでね。桂殿が、よく知りもしない、初めて会った女人《にょにん》に、そう易々《やすやす》と騙《かた》られるものなのかと。桂殿は、生真面目な御仁《ごじん》とお見受けしておりましたので」

「うむ、俺も驚いたんだ。あんな堅物が、いったいどうして、と。……まあ、男と女なんてのは、何が起きるか分からねえ。やはり何かの気の迷いだったんだろう。それで先生、もしお祓《はら》いを引き受けてくださるっていうなら、そのあたりの詳しいことは桂本人から聞いてくれねえかな」

「かしこまりました。御本人の口から直接お伺いするのが、礼儀でしょう。秘密は厳守いたしますので、打ち明けにくいことでも正直にお話しいただけたらと思います。やはり、すべてを存じておりませんと、最良のお祓いをすることが出来ませんので。その旨、桂殿にお伝えください。よろしくお願いいたします」

恭《うやうや》しく礼をする幽斎に、木暮は慌てて礼を返した。

「必ず伝えておく。……いや、先生が引き受けてくれるっていうなら、これで安心だ。あとは桂をこちらにちゃんと引っ張ってくるだけだな」

木暮の面持ちが和らいだ頃、端女のお粂が、お茶のお代わりと落雁《らくがん》を運んできた。背筋が伸び、なんとも﨟長《ろうた》けた老婆だ。

お粂がすぐに下がると、木暮は落雁を齧《かじ》って、眦《まなじり》を垂らした。

「これはまた上品な味だ。諄《くど》くない甘さで、硬さもちょうどよい。ほろりとした嚙《か》み応《ごた》えの後で、しっとりと口の中で蕩ける」

「お口に合って、よろしかったです。この落雁、私の大好物なのですよ」

雪の如く真白《ましろ》な落雁を頰張り、幽斎も顔をほころばせる。

「先生は甘党なのかい。確か酒も強いと聞いたが」

「特に強くはありませんが、酒を呑みながら落雁を摘まむのも、なかなかいいものですよ」

黒羽織の男二人、落雁を手に笑みを浮かべる。

「近いうちに是非、先生と差しで呑みてえもんだ」

「それは楽しみですね」

木暮は、夥《おびただ》しい量の書物を眺めながら、お茶を啜《すす》る。幽斎はこの後も占いの予約が詰まっているようなので、長居は無用と、木暮はきりのよいところで引き上げた。お粂が落雁を余分に包んでくれたので、それをありがたく受け取って。

木暮は仕事帰りに桂を〈邑幽庵〉へと連れていき、幽斎にお祓いをしてもらった。その結果、効き目は大いにあったのだが、それでも桂は三日おきぐらいに、ぼんやりと同じ夢を見てしまうらしかった。ただ霧がかかったようにぼやけているので、以前のような真に迫った恐ろしさはないようだった。

ひとまず安心した木暮は、御礼を兼ねて、幽斎を食事に誘った。柳橋《やなぎばし》の料理屋〈つる乃《の》〉の二階座敷で、二人は〝握《にぎ》り鮨《ずし》〟を摘まみながら、酒を酌み交わした。

「桂の奴、顔色がだいぶよくなって、食べられるようになってきた。先生のおかげだ。礼を言うぜ」

「お力になれてよかったです。桂殿、もうすっかり悪夢は御覧にならないのですね」

木暮は、酢でしっかりと〆られた小鰭《こはだ》の鮨を味わい、指を舐《な》めながら答えた。

「うむ。ほとんど見なくなったようだ」

「ほとんど……ということは、まだ御覧になることもあるのですか」

幽斎は盃を持つ手を止め、眉根を寄せる。木暮も苦々しい顔で頷いた。

「三日に一度ぐらい、ぼんやりとだが、まだ見るらしい。でも紗《しゃ》がかかっているようではっきりしないので、以前のように真に迫ってはこないと言っていた」

「桂殿、かなり強力な、暗示のようなものをかけられましたね」

「お藤という女、何者だったのだろうか」

木暮がぽつりと言う。傍《そば》には大川が流れていて、時折、行き交う船行灯《ふなあんどん》の明かりが、障子窓に映える。幽斎は酒を静かに啜った。

「もしかしたら……私と同業のような者だったのかもしれません」

二人の目が合う。木暮は首を傾げながら、鮃《ひらめ》の握り鮨を頬張った。

「もしお藤が、先生みたいに、まじないや祈禱《きとう》の出来る者だったとして、どうして桂を狙ったんだろうな。相手は誰でもよくて、桂がたまたま嵌《は》められただけだったのか。いったい、お藤は何をしたかったんだろう。財布や十手を奪うだけでなく、不気味な夢を見させることが狙いだったのか」

「もしそれが狙いだったとすれば、真の目的は次のうちのどちらかでしょうね。一つは、心身を喪失《そうしつ》させてしまうほどに桂殿を追い詰めること。もう一つは、桂殿に、若年寄であられる山内越中守殿を本当に殺《あや》めさせてしまうこと」

木暮はさすがに鮨を摘まむ手を止め、大きな溜息をついた。

「やはり、そうか。でも、いったい何のためだ。山内越中守殿には悪い噂などまったくねえ。生真面目で、綱紀《こうき》の粛正《しゆくせい》を志《こころざ》される、質実剛健《しつじつごうけん》と評判の御方だ。人の恨みを買うような御方では決してないのだけれどな」

「そのあたり、もっと探ってみたほうがよろしいかもしれませんね。たとえ人徳を称えられる御仁でも、知らぬうちに政《まつりごと》の争いなどに巻き込まれておられるかもしれません」

「……なるほど、そうとも考えられるか。とすると、お藤って女は、どこぞの隠密という可能性もあるな。もしくは何者かの手の者で、雇われたか」

「桂殿に暗示をかけたことは恐らく間違いないでしょうから、そのような能力を持っていそうな者たちを探ってみるのもよろしいのでは。上手くいけばお藤に辿り着き、正体が摑めるかもしれません」

木暮は頷き、身を乗り出した。

「そこで先生にお伺いしてえんだが、このところ江戸で暗躍している修験者《しゆげんじや》たちに心当たりはねえかな。どんな些細《ささい》なことでもいいんだ。教えてもらえると、ありがてえんだが」

酒を啜りつつ、幽斎はぽつりぽつりと語った。

「半年ほど前から、私の耳によく入ってくるのは〈雅伝《がでん》の教え〉なる修験者たちの集団です」

「〈雅伝の教え〉かい」

木暮は眉根を寄せた。

「はい。どうやら一年ほど前に現れた集団なので、まださほど名は浸透していないでしょうが、知る人ぞ知る者たちで、一部では評判になっております。その者たちは、今戸《いまど》の荒れ寺を改築して、〈雅伝の教え〉の看板を掲げ、祈禱や千里眼《せんりがん》などを行っているといいます。特に人気があるのは、風雅《ふうが》という名の、見目麗《みめうるわ》しい十六歳の修験者。なんでも、天草四郎《あまくさしろう》の生まれ変わり、などと謳《うた》われているとのこと。その風雅殿に視てもらいたい女人たちが訪れて、大盛況のようです」

「まるで先生のような人気者ってことだ」

木暮がにやりとすると、幽斎は苦い笑みを浮かべた。

「いえいえ、私などよりずっと上手なようですよ、その風雅殿は。まあ、若い修験者が大人顔負けの祈禱をするのですから、これに嵌《は》まる女人たちも多いとのこと。風雅殿に夢中になったお内儀が多額を寄進したことで家族が揉《も》めに揉め、一家離散に追い込まれた者たちもいるといいますからね」

「へえ、そりゃ酷《ひで》えや。十六といっても侮《あなど》れねえな、恐ろしい奴だ。とんだ天草四郎の生まれ変わりだぜ。……しかし、いくら見目麗しい修験者といっても、祈禱だの千里眼だのが外れたりしたら、女たちだってそこまで嵌まらねえだろう。ってことは、そいつらのまじないってのは、本当に効き目があるのだろうか」

「あるらしいですよ。だからこそ、嵌まってしまうのでしょう。そのような能力を有益に使って、真面目に教えを説《と》いていればいいのです。しかし、申し上げましたように、金子の巻き上げ方が目に余るというところが、なんとも訝《いぶか》しいのです。彼らの被害に遭った方々が、私に相談にいらっしゃることもあるのですよ。それで私は、彼らのことを知っていたという訳です」

幽斎は、白魚の鮨を、しなやかな指で摘まんで食べる。細く小さな白魚が幾匹も載った鮨は、見るからに美しい。木暮も手を伸ばした。

「なるほど。確かに怪しい連中だ。その修験者たちの中に、女はいるのだろうか」

「女人はいないようです。男ばかり、五人ほどいるみたいですよ」

「じゃあ、そいつらには、お藤は直接関わりはないかもしれねえな。……いや、陰で繋がっているということは有り得るか」

「彼らが江戸へ来る前、どこで活動していたかはまだ摑めておりませんが、呪術の如き能力をどこかで取得したことは確かと思われます。お藤という女人が、そのような能力を持っているとしたら、どこかで繋がっていても不思議ではないでしょう。……まあ、祈禱やまじないを行う者は少なからずおりますので、それだけでお藤と〈雅伝の教え〉を結びつけるというのは、些《いささ》か浅はかかもしれませんが」

苦笑いをする幽斎に、木暮は頭を下げた。

「いや先生、教えてくれて礼を言うぜ。有益なお話、いつも本当にかたじけねえ。仮にお藤とは直接関わりがなくとも、その〈雅伝の教え〉って集団は、なにやら捨ててはおけねえような気がするぜ。だいたい、荒れ寺を勝手に使っていいもんだろうか」

「近くに鳥海寺《ちょうかいじ》という寺があって、そこの住職が力添えしているらしいですよ。〈雅伝の教え〉の修験者たちは、鳥海寺の修行僧のような扱いなのかもしれません」

「ふうん、なるほどねえ。……修行僧が金を巻き上げるってのか」

木暮は怪訝な顔で、顎をさする。そんな木暮に、今度は幽斎が徳利を傾ける。きゅっと呑み干し、木暮は熟柿《じゅくし》臭《くさ》い息をついた。

「なにやら先生と呑む酒は、旨いなあ。俺みてえなむさ苦しいおっさんに付き合わせちまって、先生には悪いけどよ」

「いえいえ、木暮殿と御一緒出来て、私もたいへん嬉しく光栄に思っております。とても旨いです、今宵の酒は」

木暮と幽斎は、盃を傾け合う。舟が大川を行き過ぎる音が、時折、聞こえる。火鉢の炭は赤々と燃えていた。


幽斎から聞いた〈雅伝の教え〉なる集団のことが妙に気に懸《か》かり、木暮は探ってみることにした。またそれとは別に、若年寄の山内越中守についても密かに調べていた。何か揉め事に巻き込まれていないか、何者かに恨みを買うようなことをしていないか。だが、今のところ、何も問題は見られなかった。

〈雅伝の教え〉は確かに修験者たちが五人ほど寄り集まって、今戸の改築した寺に棲《す》みついていた。時折、鳥海寺とも行き来をしていた。

忠吾と坪八には引き続き出合茶屋を見張らせているので、木暮は〈雅伝の教え〉には、下っ引きの柳太《りゅうた》を見張りにつけた。

柳太は二十五歳で、目がこぼれ落ちそうなほどに大きいことから〝出目金《でめきん》の柳太〟と呼ばれている。

その柳太が目を皿にして見張り、周りに聞き込みを続けたところ、大きな報《しら》せを持ってきた。

「あの〈雅伝の教え〉ってとこには、大店のお内儀だけでなく、武家の奥方も出入りしているようです。なにやら大奥《おおおく》の御中臈《おちゅうろう》のような方も、お忍びでいらしてるみたいで、権門駕籠《かご》が出入りするのを確かに見ました」

「そうか……。大奥の御中臈まで出入りしているなら、ますます目が離せねえな。どうやら風雅とかいう若い美男の修験者を使って、権力者の庇護《ひご》まで受けているようだ」

木暮は口をへの字に曲げ、顎をさすった。


その頃。〈雅伝の教え〉では、麗しき修験者の風雅が、大奥御中臈の葉山《はやま》に祈禱を捧げていた。

白袍《はくほう》と白差袴《しろさしこ》を纏い、冠《かん》を被《かぶ》った斎服《さいふく》姿の風雅は、若々しく爽やかな声を上げ、大幣《おおぬさ》を振る。葉山は背筋を正して座り、目を瞑《つむ》って、風雅の祈禱に聞き惚《ほ》れている。葉山は、恍惚《こうこつ》とした、微かな笑みを浮かべていた。

祈禱が終わると、葉山は目を開いた。風雅の麗しい姿が目に入り、うっとりと瞬きをする。

すらりとした風雅は、しなやかな所作で、葉山に向かい合った。凜々《りり》しい風雅に、葉山は恭しく頭を下げた。

「風雅様のおかげで、躰の調子がみるみるよくなっておりますの。頻繁《ひんぱん》に攣《つ》るようになって困っておりました左の脚も、すっかり治りましたわ。これほど効き目があるなんて、怖いぐらいです」

葉山は上目遣いで風雅を見つめ、媚びたような笑みを浮かべる。三十二歳の葉山は、大奥ではとうに御褥御免《おしとねごめん》の身分である。つまりは上様のお相手も辞退しなければならない立場だ。

風雅は、自分の倍も年上の葉山を、優しく見つめ返す。そして、そっと擦り寄った。

「それはよろしゅうございました。葉山殿、いっそうお美しくなりましたね。お肌がそれほど艶やかなのは、お健やかな証です」

「まあ……嬉しいことを仰《おつしや》ってくださいますのね」

葉山は頬を染め、身をくねらせる。風雅の、兎《うさぎ》のような黒目勝ちの瞳で見つめられると、葉山は堪《たま》らぬ気持ちになるのだ。

風雅は目を逸らさず、葉山の手をそっと握った。葉山の目が濡れるように潤み、唇から小さな吐息が漏れる。風雅は葉山に顔を近づけ、囁《ささや》いた。

「お越しくださって、まことにありがとうございました。葉山殿に祈禱を捧げさせていただけて、たいへん光栄に存じます。葉山殿がいっそうお健やかでいらっしゃいますよう、いっそうお美しくいらっしゃいますよう、心よりお祈り申し上げました」

風雅と眼差《まなざ》しが絡み合うと、葉山は魂が吸い取られてしまいそうな気分になる。風雅の細く長い指が、葉山の左手をそっと撫でる。葉山は懐に右手を伸ばし、金子の入った包みを取り出した。

「本日の御礼でございます。この次は、必ずもっと……」

風雅は包みの厚さを確認しつつ、黙ったまま、葉山を抱き寄せた。唇を重ね合わせながら、風雅は、葉山が纏った豪華な綸子《りんず》の打掛《うちかけ》を脱がしていく。

「ああ……いけませんわ……」

言葉とは裏腹に、葉山は風雅の首に、腕を絡ませる。本堂で睦《むつ》み合うなど禁忌《きんき》と分かってはいても、風雅から溢れ出る魔力に、葉山は抗えないのだ。

冷たい板の間に、二人は倒れ込み、熱い躰をまさぐり合った。


ほかの修験者たちは、別の御堂で女人をもてなしていた。

「風雅様、まだ終わらないの。いつまで待たせるのよ。早くお会いしたいのに」

我儘《わがまま》に育った大店の娘の桃代《ももよ》は、あどけなさの残る頬を膨らませる。桃代の前には、雅連《がれん》・雅優《がゆう》・雅音《がおん》という三人の修験者が跪《ひざまず》いていた。雅連と雅優は二十代、雅音は三十代で、揃って小綺麗である。

雅連が微笑んだ。

「桃代様、もう少しお待ちくださいませ。風雅もきっと、桃代様にお会いしたくて堪らないと思います」

「そうかしら……それなら嬉しいけれど」

桃代は唇を尖《とが》らせ、小首を傾げる。雅優がいざり寄った。

「桃代様、お待ちになる間、いつものように私どもがお肩やお腕を揉みほぐして差し上げましょうか」

「そうねえ。お茶やお花のお稽古《けいこ》などで肩が凝《こ》ることが多いから、お願いしようかしら」

桃代は科《しな》を作って微笑んだ。

雅連が桃代の肩を、雅優がうなじを、雅音が腕を揉み始める。御堂の中では香が炷《た》かれ、濃厚な甘い薫りが漂っている。

三人の男に躰を優しく揉みほぐされ、桃代はうっとりと目を瞑《つむ》った。

「ああ、心地よいわ。ここに来ると至れり尽くせりだから、つい、また来てしまいたくなるのよ」

「我々も嬉しいです、桃代様にお会い出来ますと。風雅も常日頃申しておりますが、喜びを持つことこそが幸福に繋がると、我々は信じております。〝喜び〟とは即《すなわ》ち〝悦び〟でもあり、心だけでなく躰で感じることも出来るのです」

桃代の腕を悩ましくさすりながら、雅音が囁く。うなじを撫でつつ、雅優は薄笑みを浮かべた。

「我々〈雅伝の教え〉とは、悦びの教え。この世を悦びで満たすことが目的なのです。風雅のまじないも祈禱も、そのためにあるのです」

「悦びの伝導こそが、我々の使命。桃代様、これからもずっと、悦びをお伝えして差し上げましょう」

桃代の肩を揉む雅連の指が、胸元へと滑りそうになる。桃代はなにやら恍惚とした笑みを浮かべ、唇を半開きにして、されるがままだ。

そこへ、雅王《がおう》という初老の修験者が、飲み物を運んできた。

「桃代様のお好きな〈雅伝の教え〉特製の〝雅伝茶〟でございます。お召し上がりくださいませ」

桃代は我に返り、姿勢を正した。雅音が湯呑みを持ち、桃代に飲ませる。まるで血の色の如き、深緋《こきひ》色のお茶を口に含み、桃代は目を細めた。

「不思議ね……これを飲むと、なんだかとっても気持ちがよくなるの、いつも。とても甘くて、少し酸《す》っぱくて……美味しいの」

桃代の目がますます虚ろになる。

雅王は微かな笑みを浮かべた。彼が作ったこのお茶には、無花果《いちじく》や甘草《かんぞう》、錨草《いかりそう》、朝鮮人参、蜂蜜《はちみつ》、イモリの黒焼きの粉末などが調合されている。いずれも、催淫《さいいん》効果があるものばかりだ。

〝媚薬《びやく》茶〟を飲んだ桃代の肌が、仄かに紅潮《こうちょう》してくる。桃代は叫んだ。

「早く、早く、風雅様に会わせて。もう我慢が出来ないわ……。ああ、私、おかしくなってしまいそう……風雅様ぁ」

　身を捩る桃代を、雅連たち三人が後ろから抱き締める。

「我儘はいけませんよ、桃代様。もう少しお待ちくださいと申し上げたではないですか」

「そうですよ、桃代様。風雅の躰が空《あ》くまで、我々がお相手させていただきます」

「さあ、もっとお飲みになってください」

　雅優がお茶を口に含み、桃代の唇を塞いで、口移しで飲ませる。桃代は喉を鳴らして飲み干すと、唇をそっと舐め、熱い吐息を漏らした。

二

　如月《きさらぎ》（二月）になり梅が見頃になると、木暮は桂からよい報せを受けた。

「十手と財布が無事に戻って参りました」

　桂は声を弾《はず》ませた。役宅の庭に投げ込まれていたという。財布の中身も、そのままだったようだ。

「そりゃよかった。ようやくこれで一安心だな。俺もなんだか自分のことのように、ほっとしたぜ。……躰の力が抜けちまった」

喜ぶ木暮に、桂は何度も頭を下げた。

「本当に御心配をおかけし、申し訳ありませんでした」

「そんなに謝らなくてもいいってことよ。誰にでも間違いはあるわな。俺だって一歩間違えれば、お前みてえな目に遭っていたかもしれん。まあ、これからは気をつけろよ。……たまには羽目《はめ》を外して遊ぶことも、男には必要だけどな」

木暮に肩を叩かれ、桂は大きく頷く。

「もう決して、あのような過ちは犯さないと誓います」

「お前はこれまで真面目過ぎたから、あんなことになったんだよ。間違いなんて恐れずに、女に免疫《めんえき》つけときゃよかったんだ。俺は、予《かね》てから心配してたんだよ。お前みてえな堅物に限って、妖艶《ようえん》な別嬪《べっぴん》にいつか誑《たら》し込まれるんじゃねえか、ってな。御新造とはまったく違った雰囲気の女によ。そしたら案の定、って訳だ。……でもまあ、返してくれたのはよかったな。お藤はそこまで悪い女じゃなかったってことか」

桂は目を伏せ、小さく頷いた。

財布と十手が無事に戻ってきて、桂はようやく安堵したが、よけいにお藤のことが気に懸かるようになってしまった。

――金子にまったく手をつけずに返すなど、いったいどういう訳なのだろう。やはり何か深い事情があったのではなかろうか――

桂は恐ろしい夢を、もう見なくなっていた。


桂は仕事にも再び身が入るようになった。今月は南町奉行所の当番ということもあり、新年会でも話題になった、薬種問屋と組んで騙りを働いているとの疑いがある公事宿を、木暮とともに探り始めた。

風は冷たいがよく晴れた空の下、両国広小路近くの、馬喰町まで歩を進める。この辺りにはおよそ百軒の旅籠がひしめき合っている。その大部分が、公事宿である。公事宿とは、裁判や訴訟をするために地方から江戸へ出てきた者を宿泊させるところだ。宿では訴訟の書類の作成や手続きの代行、訴訟の弁護などを行う。それらを扱う者を公事師と呼んだ。

公事宿も表向きは旅籠であるゆえ、訴訟を考えている者以外にも、お客を泊める。この辺りは、七つ（午後四時）頃になると旅籠の者たちが軒先に立って客引きをし、賑わいを見せるのだ。

木暮と桂が赴《おもむ》いた時は昼前だったので、静かなものであった。公事宿は、訴訟が解決するまで長期滞在する者が多い。馬喰町には関東郡代《かんとうぐんだい》屋敷があったが、文化《ぶんか》三年（一八〇六）の火災で焼失し、その跡地に馬喰町御用屋敷が建っている。ちなみに関東郡代も同年に一時廃止され、再び設置されたのは元治《げんじ》元年（一八六四）になってであった。

木暮は建ち並ぶ旅籠を見回しながら、腕を組んだ。

「さてどうしたものか。薬種問屋の〈大黒屋〉と繋がりがあると疑われる公事宿だが、宿の名がはっきり摑めていねえ」

「被害に遭った者たちは、どこからも断られてしょげかえって歩いているところへ、人の好さそうな老婆に話しかけられ、件《くだん》の公事宿へ連れていかれたといいますからね。もしや、馬喰町からは少し外れたところにあるのかもしれません」

「うむ。時間がかかるかもしれねえが、一軒一軒あたって、それらしき公事宿を知らねえか訊いてみるか」

「確かに手間はかかるでしょうが、それが最も確実かと思われます」

二人はこうして訊ねて回ることにしたが、なかなか手懸かりが摑めない。木暮は質問を変えてみることにした。

「西新井大師の門前町にある薬種問屋〈大黒屋〉が扱っている不妊治療薬の件で、訴訟を起こしたいと訪ねてきた者はいなかったか」

しかし、どの公事宿の主人も、首を横に振るばかりだった。誰も訪ねてこなかったか、訪ねてこられても断ったかの、どちらかだった。

門前払いを食らい落胆して帰っていった者は、昨年以来、三十人以上はいるようだ。木暮は苦々しげに言った。

「三十人以上いたということは、一人から九両を騙っているとして、ざっと見積もっても二百七十両は騙し取っているということだ。やはりこれは捨ててはおけんぞ」

「泣き寝入りをしてしまった者も多いでしょうしね。もしや五百両、いや、それ以上の荒稼ぎをしているのでは」

木暮と桂は顔を見合わせる。

「どうにかして、件の公事宿を突き止めてやる」

二人は意気込んだが、なかなか見つからず、次第に苛立《いらだ》ちを募《つの》らせた。顔が険《けわ》しくなり、お腹がぐぅと鳴り始める。腹が減ってはなんとやら、どこかで何か食うか」

「そういや昼飯がまだだった。腹が減ってはなんとやら、どこかで何か食うか」

「確かに。腹ごしらえいたしましょう」

近くに蕎麦屋の暖簾《のれん》を見つけ、潜《くぐ》る。二人は熱々の〝掻き揚げ蕎麦〟を注文した。

濃いめの汁をずずっと啜り、蕎麦を手繰《たぐ》って、芝海老《しばえび》と三つ葉の掻き揚げにかぶりつく。汁を吸っていても、さくさくと堪らぬ歯応えだ。芝海老が五つ六つ合わさった大きな掻き揚げに、木暮と桂は目を細めた。

「この旨さ、躰の芯にまで染みわたるぜ」

「疲れも吹き飛びますね。引き続き探索に励もうという気になります」

勢いよく蕎麦を掻っ込む桂を、木暮は横目で眺めた。

――食えるようになって、本当によかったぜ。一時は、どんな食べ物も喉を通らなかったみてえだったものな――

掻き揚げ蕎麦で満ち足りた二人は、笑顔で店を出た。馬喰町四丁目から三丁目へと歩を進め、再びこつこつと探っていく。

「埒《らち》が明かねえなあ。忠吾に頼んで、下っ引きを集めて探らせたほうがよさそうだな」

　木暮は頭を掻き、大きく伸びをした。すると……傍《かたわ》らの桂の様子がなにやらおかしいことに気づく。桂は、顔を強張《こわば》らせて一点を見つめていた。

「どうした」

　桂の視線の先を、木暮は追う。通りの前方に、柳腰の女が立っていた。遠目にも、その佇《たたず》まいの麗しさが分かる。女もこちらのほうを見ていたが、桂の躰が動いた途端に、逃げるように駆け出した。

　桂は慌てて女の後を追っていく。木暮も、待てよと言いながら、急いで桂を追った。旅籠が建ち並ぶ馬喰町を、同心二人は黒羽織を翻して走り抜ける。だが女は思いの外《ほか》足早だった。

　女を見失った桂は通りの真ん中で立ち止まり、息を荒らげながら、額の汗を手で拭った。寒空の下だというのに、桂の額には大粒の汗が滲《にじ》んでいた。

「おい、どうしたんだよ、突然」

　ようやく追いついた木暮も息を荒らげつつ、桂に訊ねた。

「……もしや、さっきの女、お藤だったのか」

　桂は黙ったまま、目を伏せる。木暮は苦笑した。

「お前、やっぱりお藤の顔を覚えていたんじゃねえか。遠目で見てもすぐに気づくほどによ」

「……申し訳ありませんでした」

桂は素直に謝り、深々と頭を下げた。木暮は察した。

――お藤のことを慮《おもんぱか》れば、人相書きなどを作って訊ね歩くことは避けたかったんだろうな。その気持ち、分からなくもねえが――

木暮は桂を軽く睨んだ。

「まあ、十手と財布が無事返ってきた後だ。怒りゃしねえよ。……十手が戻ってきていなけりゃ、今頃ぶん殴っただろうけどな」

木暮が冗談めかして言うも、桂は平身低頭で謝り続ける。

「もういいぜ、済んじまったことだ。なるほど、遠目にもいい女には違いねえんだから、お前がついふらふらしちまったのも分かるぜ。……しかし、あれが本当にお藤だったとして、こんなところで何をしてたんだろうな」

桂は俯いていた顔を上げ、木暮を真っすぐに見た。

「私も気になります。先ほどの女はお藤に違いありません。どうしてこんなところにいたのでしょう。この辺りには公事宿しかありませんのに」

木暮と桂は腕を組み、暫《しば》し考える。

「まさかお藤が、薬種問屋と公事宿の事件にも関わっているなんてことはねえよな」

「でも木暮さんは、お藤が修験者集団の〈雅伝の教え〉に関わっているのではと、疑っていましたよね」

「うむ。今探っているところで、まだはっきりした繋がりは見つけていないがな。それとはまた別に、こちらのほうとも繋がりがあるとは考えられねえか」

「どうなのでしょう。もし本当にお藤が私に暗示をかけたのだとしたら、修験者たちと何か関わりがあったとしてもおかしくはありませんが、薬種問屋と公事宿の件には接点が見出《みいだ》せないように思われます」

「うむ。そう言われてみれば、そうだよな。接点は見出せないか……。とすると、お藤はこの辺りで寝泊まりしてるのかもな。鞠子から江戸へ来たんだろう。どこかの旅籠の世話になっているのかもしれねえな」

「ああ……そうかもしれません」

桂の顔が不意に緩《ゆる》んだことを、木暮は見逃さなかった。

――桂の野郎、お藤の居場所が摑めたような気がして、内心ほくそ笑んでるに違いねえ。あんな酷《ひで》え目に遭っておきながら、まだお藤に未練があるってのか。まったく莫迦《ばか》というかお人好しというか……それとも堅物の桂が腑抜けにされちまうほど、お藤ってのは〝あっち〟の具合がよかったんだろうか――

そんな悩ましいことを考えて悶々《もんもん》としつつ、木暮は咳払《せきばら》いをして、厳しい口調で桂に告げた。

「お藤のことはひとまず置いておいて、薬種問屋〈大黒屋〉のほうも見にいってみるか。些か遠いが、今から行けば夕刻には帰ってこられるだろう」

「そうですね。御府外になるといっても、やはりどのような店か、知っておくべきでしょう」

「この辺りは改めて下っ引きに探らせるとして、よし、西新井大師へと向かおう」

二人は頷き合い、ばら緒の雪駄で道を踏みしめ、大川へ向かって堂々と歩いていった。


猪牙《ちょき》舟で大川をいき、向嶋《むこうじま》の綾瀬橋《あやせばし》の辺りで、荒川へと入る。進むにつれ、緑が多い、長閑《のどか》な光景が広がっていく。土手に並ぶ梅の木が、紅、白、薄紅《うすべに》色の花を咲かせていた。

「なにやら、おぼこ娘が初めて化粧をしたっていうような色づき方だな」

冷たい風に吹かれて懐手《ふところで》をしながら、木暮たちは梅見を楽しんでいた。如月の空は高く澄《す》んでいて、どこからか鶯《うぐいす》の啼《な》き声が聞こえてくる。仕事に追われる木暮と桂の心は束《つか》の間《ま》癒された。

猪牙舟はやがて根岸《ねぎし》へと入っていく。この辺りも向嶋と同様、豪商や武士たちの隠居所や寮が多く、風光明媚《ふうこうめいび》だ。

延命寺《えんめいじ》を過ぎたところで猪牙舟を下り、木暮たちは田畑が広がる宮城《みやぎ》村を通って、西新井大師へと向かった。

〈大黒屋〉はすぐに見つかった。間口は四間《けん》ほど、なかなかの広さの店で、風格のある看板が掲げられている。〈大黒屋〉は一年ほど前に出来たというが、その佇まいから、仕舞屋《しもたや》を借り受けたのであろうと思われた。

少し見張っている間にもお客の出入りが多く、繁盛していることが窺《うかが》われた。

「悪い噂が流れようが客が来るということは、それなりに効く薬も置いてあるんだろうな」

「問題が起きているのは、件の薬だけのようですしね。稼いでいることは間違いないでしょう」

二人は裏手に回って様子を窺った。裏庭には薬草らしきものが植えられ、摘まれたそれらが笊《ざる》に入れて干してあった。

「〈大黒屋〉は、どこぞから仕入れてきた薬を売るだけでなく、自分たちで薬を作ってもいるという訳か」

「本草について熟知しているということですね。件の不妊治療薬も、自分たちで作ったものなのでしょうか」

「考えられるな。如何《いか》にも怪しげだが、この店の薬を飲んで死に至ったという話は聞かねえから、少なくとも毒を混ぜているなどということはねえだろう。実際、効き目がある薬のほうが多いんじゃねえか。それゆえに客が絶えんのだろうからな」

「すると、件の薬にたいした効果がなかったのも、単に買った者たちの体調によるものだったということでしょうか」

「うむ。……ただ、ほかの薬に比べて高価なものだったから、問題が起きちまったという訳か」

木暮は顔を顰め、腕を組んだ。

「しかし、なにやら解《げ》せねえんだよなあ。〈公事師とつるんでまで、せこく金を稼ぐというのが」

「本当に組んでいるのでしょうか、〈大黒屋〉と公事師は」

「俺はそう踏んでるんだ。よし、こっちにも見張りをつけよう。悪事のからくりを、必ず突き止めてやるぞ」

寒空の下、木暮と桂は同心の熱い血潮を沸き立たせ、頷き合う。

二人は〈大黒屋〉の周りで聞き込みを始めた。近くの菓子屋に入り、紅梅《こうばい》焼きを買いつつ主人に訊ねてみる。

「〈大黒屋〉は一年前に突然店を開いたというが、忽《たちま》ち繁盛したのは本当かい」

「はい。どういう訳か、よく効く薬を扱っているという噂がすぐに広まったんですよ」

「不妊を治すと評判の薬もそうかい」

「そのようですね。あの薬は〈大黒屋〉さんの目玉の品で、遠路はるばる買いにくるお客さんも多いようですよ」

「遠路ねえ。御府外《ごふがい》からも来るのだろうか」

「ええ、上総《かずさ》、下総《しもうさ》のほうからも訪れると聞きました」

木暮は顎をさすりつつ、率直《そつちよく》に質問を重ねた。

「〈大黒屋〉は怪しげな商《あきな》いをしているようには見えないか」

すると主人は苦笑いをした。

「いきなり店を開いて繁盛しているのですから、訝しげに思う人もおりますでしょう。でも、〈大黒屋〉さんの御主人はいたっていい方ですよ。礼儀正しく、親切なのです。件の薬だって、お客さんにそれ以上金を使わせるのが悪いと思って、もうやめたほうがよいと忠言していたと聞きます。でも……お客さんのほうは期待していただけに悔しくて、逆恨《さかうら》みしてしまうんでしょうね。それで騒ぎになってしまったということでは」

木暮はやはり納得出来ない。

——〈大黒屋〉の主人が本当に〝いい人〟だとして、訴えようとする者が三十名以上も現れるものだろうか——

菓子屋を出て、また別のところをあたってみることにした。紅梅焼きを齧りながら、歩を進める。紅梅焼きとは、饂飩粉《うどんこ》と砂糖を混ぜ合わせて捏《こ》ねて伸ばし、梅の花の形に型抜きして焼いたものだ。

荒物屋に入ると、内儀が出てきたので、今度は桂が声をかけた。

「〈大黒屋〉について訊きたいのだが、悪い噂などは聞こえてこないか。不妊を治す薬というのが問題になっていると、耳に挟んだ」

「ああ、〈大黒屋〉さんですね。……悪い噂といいますか、ちょっと不審に思うようなところはありますね、確かに」

「どのようなことで」

「あの店がすぐに繁盛したのは、よく効く薬を置いてあると、自分たちで派手に噂を流したからだとも言われていますよ」

「商いを始めるには、ある程度は必要な行いとも思うが」

「まあ、そうでしょうがね。不妊を治す薬というのも、わざとらしく自賛して広めたって聞きます。その噂を鵜呑《うの》みにした人たちが、カモにされたのではないでしょうか」

「なるほど……。では、〈大黒屋〉は怪しげな商いをしているということだろうか。どう思う」

内儀は首を傾げた。

「どうでしょうねえ。怪しげかと言われると、微妙なようにも思います。あちらの薬を飲んで、病が悪化したとか死に至ったなどという話は聞きませんしね。ただ、不妊を治す薬の一件からも、なんとなく胡散臭《うさんくさ》いという感じはしますね」

桂は内儀に礼を言い、浅草紙《あさくさがみ》を買って、店を出た。

二人は腕を組みながら、門前町を歩いた。

「やはり〈大黒屋〉を訝しんでいる者はおりますね」

木暮は溜息交じりにこぼした。

「〈大黒屋〉が商い上手なのは間違いねえだろうな。町方の手が届かないような場所をわざわざ選んで営んでいるとしたら、よけいにな」

桂も苦い顔をする。

「我々から一度、寺社奉行のほうに話してみては如何《いかが》でしょうか」

「うむ。だが俺たちの話を聞いてくれるかどうか分からねえよ」

三奉行と言われる町奉行・勘定奉行・寺社奉行の中でも、寺社奉行は別格であった。町奉行と勘定奉行は旗本から任命されるが、寺社奉行は一万石以上の譜代《ふだい》大名から任命され、三奉行の筆頭格にあたる。それゆえ寺社方の権威主義は強く、町方同心の話を聞いて、すぐに動いてくれるとは思えなかった。

寺社奉行に相談することはさておき、二人は一応、例の不妊を治す薬を買って帰ることにして〈大黒屋〉の前に立った。

〈大黒屋〉を訴えようとした者たちが引き合わされた怪しげな公事師は、小石川養生所で薬を調べたところ、薬自体には何も問題はなかったと報告したという。公事師のその報告は本当だったのか否か、いや、そもそも公事師は本当に薬を小石川に預けたのかどうか。実際に薬を小石川に持ち込めば真偽《しんぎ》が判《わか》ると木暮は考えていた。

二人で入ると、同心が偵察に来たと気取《けど》られるかもしれないので、店には木暮が一人で入った。

「いやあ、こちらで不妊に効く薬を売ってるって聞いてね。うちもなかなか子を生《な》せずにカミさんが色々煩《うるさ》いんで、その薬をひとつもらいてえんだが」

などと調子よく言うと、主人はすぐに差し出した。

「この薬はとても評判がよいものですから、必ず、お力になれると思います」

「それは頼もしいな。だがな、俺もカミさんも、合わねえ薬を飲むと、湿疹《しっしん》みてえなもんが躰中に出ちまうんだ。だからお試しってことで、一包でいいぜ。それを飲んでみて、なんともねえようだったら続けるからよ。いくらだ」

「かしこまりました。一包でしたら、一朱いただきます」

木暮は代金を払いながら、思った。

――一包、一朱か。やはり高《たけ》えなあ。一日一包飲むとして、一月で二両近く費やすことになるじゃねえか――

木暮はさりげなく店の様子を窺った。

〈大黒屋〉の主人は四十半ばぐらいで、確かに愛想《あいそ》はよいが、木暮には作り笑いのように感じられた。奥のほうに目をやると、若い男が薬を煎《せん》じている姿が見えた。中で、やはり薬の調合を行っているようだ。ほかに手代もおり、木暮が見た限りでは三名で営んでいるように思われた。

薬を買って店を出ると、木暮と桂は西新井大師に参詣した。陽が傾くのが早く、もう暮れ始めている。広い寺のあちこちの梅が満開で、薫香《くんこう》が漂っていた。

「日暮れに見る梅ってのも、風流だな。陽が高いうちに見た時はおぼこ娘みてえだったが、今じゃどこぞの姐《あね》さんみたいに匂い立っているぜ」

「夜の梅、ですか。『古今和歌集《こきんわかしゅう》』に、そのような歌がありますよね。夜の闇は、梅の花の姿を隠してしまうけれど、その馨しい薫りは隠しようがない、と」

桂の横顔に出来た影を、木暮は眺める。木暮はぼんやりと察した。今、桂の心には、お藤が浮かんでいるのだろうと。

梅の薫りに酔いながら参詣を済ませ、二人は寺を出たところの水茶屋で、名物の〝草団子〟を味わった。

「俺は普通の白いのより、草団子派だな。粒餡《つぶあん》がたっぷりかかって、旨えなあ。ここまで来た甲斐《かい》があったぜ」

「はは、まことに。そう思わせてくれるほどの旨さです。お茶といただく草団子は最高ですね」

「もちもちと、心を癒してくれるよな。疲れた躰に、この甘さが沁みるのよ」

二人はあっという間に草団子を二本平らげたが、それでも空腹が収まらない。門前町で目ぼしい料理屋を見つけ、そこへ入って注文した。

「なにか一番のお勧めを出してくれ」

少し経って運ばれてきたのは、〝鰻丼《うなどん》〟だった。熱々の御飯の上で、鰻《うなぎ》の蒲焼《かばやき》が湯気を立てている。蒲焼の芳ばしい匂いが、木暮と桂の鼻孔《びこう》をくすぐった。

二人は言葉もなく、丼を摑んで搔っ込んだ。冬の鰻はよく肥っているので、脂が乗って蕩ける旨さだ。醬油が利いたコクのあるタレと相俟って、舌に堪えられぬ喜びをもたらす。

木暮と桂は無言で、ひたすら味わった。鰻の旨みとタレがたっぷり滲んだ御飯の、粒一粒まで、残さず平らげる。ようやく満腹になった二人は、楊枝を銜えて笑みを浮かべた。

「いやあ、旨かった。江戸から外れてるとはいっても、この辺りは方々からの参詣客で賑《にぎ》わっているし、寮や隠居所の金持ちたちもやってくるだろうから、味は確かだな。腕のよい板前を使っているのだろう」

「江戸の真ん中にある料理屋にも負けず劣《おと》らず、上質ですね。堪能させてもらいました」

二人はお茶を啜り、頷き合った。

次の日、木暮は、手に入れた件の薬を、早速小石川養生所へと持っていった。調べるのに十日以上かかると言われたが、木暮はそれでも構わないと答え、奉行所へと戻った。

同時に、忠吾と坪八に頼んで下っ引きを集め、柳太に馬喰町の公事宿を、仁平《にへい》に〈大黒屋〉をそれぞれ見張らせることにした。

ちなみに仁平は二十四歳、やけに下膨《しもぶく》れで三角おにぎりのような顔をしているので、〝握り飯の仁平〟と呼ばれている。

忠吾と坪八には引き続き、交代で、出合茶屋と〈雅伝の教え〉を見張ってもらうことにした。

木暮は気前よく手下の四人に蕎麦を奢り、よろしく頼むと、頭を下げた。

「かしこまりやした」

四人は〝しっぽく蕎麦〟を手繰りながら、笑顔で答える。蒲鉾《かまぼこ》、玉子焼き、椎茸、慈姑が載ったしっぽく蕎麦は、素朴《そぼく》だが誰にも好かれる優しい味わいだ。うだつが上がらぬ男などと揶揄《やゆ》される木暮だが、なかなかどうして人望が厚いのは、こうした心配りに長《た》けているからなのだろう。

奉行所に戻ってくると、なにやら騒がしく、妙な話が木暮の耳に入ってきた。大奥の中で一騒動があり、御中﨟の葉山が、同じく御中﨟の初瀬《はつせ》に短刀で斬りつけたというのだ。幸い初瀬は怪我《けが》で済んだが、乱心ということで葉山は取り押さえられたらしい。

「いったい何があったっていうんだ。日頃仲が悪かったとしても、御中﨟が御中﨟相手に刃物を振りかざすってのは、よくよくのことがあってだろう」

廊下の隅で、木暮は声を潜《ひそ》めて桂に訊ねた。

「ええ……はっきりとはまだ分からないようですが、なにやら男が関わっているらしいです。何者かを巡って、二人の間で取り合いになったとかならないとか」

「上様以外の男ということか」

「はい……そのようです。葉山殿も初瀬殿も、御中﨟とはいえ齢《よわい》三十を超えた御褥御免の御身でございますゆえ、一人寝が寂しかったものと思われます」

「おいおい、寂しいっていったって、それが大奥ってもんだから仕方がねえじゃねえか。……しかし上様でないとすると、相手は公儀の誰かってことか」

「いえ、それがどうも、違うようなのです。恐らくは、役者のような、町の者かと」

「町の者……」

木暮はふと思い浮かべた。〈雅伝の教え〉の風雅という修験者を。

――そういや、柳太から注進があったな。大奥の御中﨟のような者が〈雅伝の教え〉に駕籠で乗りつけていると。もしやその御中﨟というのは、葉山殿や初瀬殿だったのではないか。そして風雅を巡って諍《いさか》いになり、ここまで至ってしまったという訳では――

木暮は勘を働かせる。桂は眉根を寄せた。

「木暮さん、何か心当たりがあるのですか」

「うむ。ここではあれだから、奉行所を出てから話すぜ。……しかしそんなことになっちまったら、上のほうもぴりぴりしてんだろうなあ。もし町中に漏れたりしたら、大事だもんな。それでなくても町の奴らは、公儀や大奥の醜聞《しゅうぶん》が大好物だからな」

「まったくです」

木暮と桂は、苦い顔になる。木暮は思った。

――もし俺の推測が当たっているようだったら、やはり〈雅伝の教え〉の奴らは只者《ただもの》ではねえな。このまま放っておいたら、さらなる害をもたらすに違《ちげ》えねえ。……そうなる前に、なんとかしなければ――

すると数日後、出合茶屋〈花かずら〉を見張っていた忠吾から、木暮に注進があった。

「茶屋の中から頭巾《ずきん》を被った僧侶《そうりょ》らしき男が出てきやしたら、どうしてか茶屋の主人がその後を尾《つ》けていったんです。不思議に思いやして、あっしもまたその後を尾けていこうとしやしたら、男の連れだったと思われる女が出てきやした。女も御高祖頭巾《おこそずきん》を被っていやしたが、どこぞの腰元のような身なりでした。なにやら気に懸かりやして、あっしはその女のほうを尾けていったんです」

女は途中で、ある稲荷《いなり》の椿《つばき》の木の枝に、何か文《ふみ》のようなものを括《くく》りつけたという。恐らく、何者かと連絡を取り合っているのではないかと思われた。

忠吾は文を奪い取って中を確かめたかったが、女を見失いたくないので、ひとまず後を尾け続けた。すると女は、愛宕山《あたごやま》近くの水口《みなくち》藩上屋敷に入っていった。それを見届け、忠吾が稲荷に戻ってきた時には、もう文は木の枝からなくなっていた……。

「ってことは、そうして誰かと連絡《つなぎ》を取っているのだろうな」

「はい、そのように思われやす。……申し訳ありやせん、文を奪ってくることが出来ず」

しゅんとする忠吾の逞《たくま》しい肩を、木暮は叩いた。

「いいってことよ。単に逢引《あいびき》の約束なんかを記したものだったのかもしれねえしな。……しかし妙な組み合わせだよな、僧侶と腰元ってのは。水口藩といえば、外様《とざま》の二万五千石か」

「はい、あっしもなにやら妙に思いやした。女のほうは上屋敷に入っていきやしたので本当に腰元と思われやすが、男のほうは果たして本物の僧侶だったのか否か……」

「うむ」

木暮は顎をさすり、考えを巡らせる。

「もう一つ妙なのは、なにゆえに出合茶屋の主人がその僧侶らしき男の後を尾けていったかだ」

「確かにそれも気になりやす」

「忠吾、また出合茶屋に戻って見張りを続けるだろう。俺も一緒にいくぜ。俺が主人と直接話をしてみよう」

「は、はい。おともしやす」

忠吾は喜び勇んで、木暮と一緒に歩き出した。木暮から一歩下がって、護衛をしながら。

忠吾は強面《こわもて》の大男だが、根は心優しく、木暮の忠実な手下である。それも木暮に惚《ほ》れているがゆえであるが、惚れるといっても、男が男に惚れるといった、心情的なものなのだ。

木暮は決して完璧な男ではなく、欠点も多いが、それを覆い尽くすような魅力に満ちていると、忠吾は思っている。それゆえに、木暮のためになら火の中水の中、忠誠を尽くそうと心に決めているのだ。

出合茶屋へ行く途中、木暮は、馴染みの瓦版屋井出屋留吉《いでやとめきち》が瓦版を売り捌《さば》いているところへ出くわした。留吉は台に乗り、唾《つば》を飛ばして口上を述べている。

「さあさあ、てえへんなことが起きたもんだ。我々町人には高嶺《たかね》の花も花、大奥の御中臈。なんとその御中臈が、別の御中臈に斬りつけた。斬られた御中臈は命に別状はなかったものの、傷心極まり床《とこ》に臥《ふ》せったままだという。斬った御中臈は取り押さえられ、あれやこれやと調べられ、島流しになるかならぬかの瀬戸際《せとぎわ》だ。哀れ、女同士の戦いの末路は。嗚呼《ああ》、無惨《むざん》に散るは高嶺の花。詳しく知りたきゃ、買った買った」

「きゃあ、面白《おもしろ》そう。一枚ちょうだい」

「こっちにもくれ」

皆、小銭を払って、摑み取るように瓦版を買っていく。その様子を遠くから眺めながら、木暮は顔を顰めた。

「やはり町にも噂が流れちまったか。……葉山殿のお世話をしていた若いお清《きよ》の御中臈たちが宿下がりになったというから、そこから漏れたのかもしれねえな」

「身内につい愚痴《ぐち》をこぼして、広まっちまったのかもしれやせん」

お清とは、上様のお手がついていない御中臈のことを指す。

木暮は声を潜め、忠吾に訊ねた。

「〈雅伝の教え〉には、もう大奥の女と思《おぼ》しき者は訪れていないか」

「はい、坪八と交互に見張っておりやすが、このところ現れておりやせん」

「そうか……。ならばやはり、あそこに出入りをしていたのは、葉山殿たちであった可能性が高い。どうだ、〈雅伝の教え〉に何か異変はないか」

「今のところ特別、騒ぎなどは起きておりやせん」

「うむ。だがあそこもやはり目が離せねえ。忠吾、坪八とともに、引き続き見張ってくれ。頼むぞ」

「かしこまりやした」

忠吾は大きく頷いた。


件の出合茶屋〈花かずら〉まで来ると、忠吾を外で見張らせ、木暮は一人で中に入った。

「ちょいと話を聞かせてもらうぜ」

朱房《しゅぶさ》の十手をちらりと見せると、仲居は顔を強張らせながらすぐ中に通した。

内証《ないしょう》で、木暮は主人と向かい合った。木暮はその茶屋が、置き引き事件に関わっていると告発し、凄《すご》んだ。

「それで見張りの者をつけていたんだ。おい、お前さん、どうして客の後を尾けていったりした」

「え、あ、はい。なんのことでしょう」

小柄な主人は、身をいっそう縮こまらせ、上目遣いで木暮を見る。木暮は大声を出して威嚇《いかく》した。

「しらばっくれんじゃねえぞ。どこかの坊主と思しき男の後を尾けていったんだろう。分かってんだから、正直に話せ」

「はい……申し訳ございません」

主人は平伏し、バツの悪そうな顔で、おずおずと語った。

その主人と女房には奇妙な性癖があり、時たま天井裏からお客たちの睦《む》つ事を〝盗み見〟して愉《たの》しんでいるという。

今日も僧侶と腰元らしき者たちの秘め事を盗み見しようと天井裏に潜んでいたところ、興味深い光景を目にした。

腰元のような女が、僧侶に金子を渡していたのだ。それも切《き》り餅《もち》二枚（五十両）ほどの大金だった。

——預かっておこう。

僧侶はにやりと笑ってそれを受け取った。

男が女にではなく、どうして女が男に金を渡すのだろう、しかも大金を……主人は息を呑んだ。

僧侶は風格があり、歳は五十絡みだろうか、やけに血色がよかった。一方、腰元らしき女は、二十歳《はたち》そこそこで、ふっくらとした美人だったという。

睦つ事も、乗り気でない女を僧侶が無理やりに、といった展開だった。

主人は二人の仲が無性《むしょう》に気になった。特に男が何者なのか。本物の僧侶なのか、偽物なのか。それが気になって後を尾けていったという。

「で、その僧侶は、その後どこへ行ったんだ」

木暮が身を乗り出すと、主人は答えた。

「はい、今戸のほうの、鳥海寺という寺に入っていきました。そこのお坊さんだったようです。あの風格でしたら、もしや御住職では」

「鳥海寺だと」

木暮は眉根を寄せた。

例の〈雅伝の教え〉の後《うし》ろ盾《だて》になっている寺だ。

木暮は考えを巡らせた。

――僧侶と腰元が出合茶屋で会っていて、僧侶は鳥海寺へ戻り、腰元は水口藩上屋敷へ戻っていった。二人はどうも単なる男と女の関係ではないようだ。金の受け渡しがあったのだからな。では……鳥海寺と水口藩には、何か繋がりがあるのだろうか。もしあるとしたら〈雅伝の教え〉の修験者たちも何か関わっているのだろうか――

木暮は、主人に、桂のことも訊いてみた。もしや桂がお藤とともにした一夜も覗き見していて、何か覚えているかもしれないと思ったのだ。

主人は桂たちのことを覚えていたが、ずっと覗いていた訳ではないから起きた出来事のすべては分からないと前置きしつつ、思い出しながら語った。

「明け方に再び覗いてみると、眠っているお武家様に、連れの女が手をかざし、何かを熱心に唱えていたのです。奇妙な光景だったので暫く眺めていましたが……その、あまり面白くはないので、最後までは見届けませんでした」

主人の話を聞き、木暮は確信する。

う。

　――桂はやはりお藤に暗示のようなものをかけられたに違いねえ――

　お藤はその後、逃げるようにさっさと一人で茶屋を出ていってしまったとい
う。

「その女はそれ以来、この店に現れたか」

「いえ、来ておりません」

「じゃあ、もしまた来たら、報せてくれ。必ずな」

　木暮は念を押し、一応叱った。

「覗きなどするんじゃねえぞ」

　主人の見聞きしたことは探索の手懸かりになるかもしれないと思いつつも、ここは町方として叱っておかねばならぬところだ。木暮は、お客を泊めるのも問題があるので大概《たいがい》にしておけと忠告した。

「申し訳ございませんでした」

　主人は深々と頭を下げ、お詫《わ》びの金をそっと木暮に握らせる。

　拒《こば》むこともなかろうと、木暮はさりげなく受け取り、出合茶屋を後にした。

　懐が温かくなったので、近くの菓子屋で今川焼《いまがわやき》を買い、寒空の下で頑張《がんば》ってくれている忠吾に差し入れすることも、木暮は忘れなかった。

数日後、薬種問屋〈大黒屋〉を見張っていた下っ引きの仁平から注進があった。

「旦那が仰ってましたように、〈大黒屋〉で商いをしている者は常時三名ですが、夜になると別の者たちがそっと忍び込んでいくことがあるんです。次の日に出てくる時刻もまちまちで、どうやら〈大黒屋〉はその者たちの塒《ねぐら》にもなっているようです」

「御府内から外れたところのあの店を、塒にか……」

「はい。相当警戒しているようで、出てきた者らを尾けていっても度々撒《ま》かれちまいました。それでもようやく、一人の男が猪牙舟に乗って両国まで行き、昼餉《ひるげ》を食べた後、馬喰町の公事宿に入っていったところを見届けました」

「なに。なんて名だった、その公事宿は」

「はい。二丁目の、横山町《よこやまちょう》側の片隅にある、〈竹橋屋《たけばしや》〉という宿ですが、どういう訳か看板を掲げていないので、うっかりすると見落としてしまいそうなとこですよ」

「そうか、仁平、お前でかしたぞ。〈大黒屋〉と繋がっていた公事宿をようやく突き止めることが出来たぜ」

　木暮が声を弾ませると、仁平は大きく頷いた。

「その者は公事宿に入っていき、暫くしても出てくる気配がありません。そこで馬喰町を受け持っている柳太を探して見張りを引き継ぎ、自分はこうして旦那にお報せに参ったという訳です。今、柳太が〈竹橋屋〉を見張っているので、次は柳太から報せが入ると思います」

「仁平、よくやってくれたな。礼を言うぜ。……蕎麦でも奢ってやりてえとこだが、今、上が色々ぴりぴりしてて、油売ってもいられねえんだ。だから、これで好きなもんでも食ってくれ」

　木暮は、蕎麦を五、六杯は食べられそうなほどの金を手早く紙で包み、仁平に渡した。

「旦那、いつもありがとうございます」

　仁平は頭を掻き、恐縮する。木暮は仁平の背をさすった。

「礼を言うのはこっちのほうだ。頼りにしてるぜ」

「はい。早速〈大黒屋〉へ戻って、引き続き、しっかり見張ります」

　仁平は木暮に深々と一礼すると、駆け足で去っていく。

「おう、よろしくな」

仁平の背に向かって、木暮が叫ぶ。仁平は振り返って笑顔で手を振り、踵《きびす》を返して再び駆けていった。

その夜、馬喰町の公事宿を見張っていた柳太が木暮の役宅を訪れ、注進した。

「〈大黒屋〉から公事宿に入っていった男は、五つ（午後八時）に出たんで、後を尾けたところ、次に入っていったのは、今戸の鳥海寺でした」

木暮は目を瞠《みは》った。

「なに、鳥海寺だと」

「はい、間違いありません」

「その男は町人風だったのだろう」

「はい、焦《こ》げ茶色の半纏《はんてん》を羽織《はお》り、股引《ももひき》を穿《は》いていました。その男が寺の門を叩くと、寺奴《てらやっこ》が現れ、男は速やかに中に入っていきました」

「ってことは、その男は鳥海寺の者とも知り合いってことか」

「はい、そのような雰囲気でした」

柳太は大きな目をさらにぎょろりとさせ、頷く。

凍《こご》えるような夜、木暮は柳太を家に上げ、茶漬けを食わせてやった。刻んだ海苔《のり》と梅干しが載った熱々の茶漬けと、数切れの沢庵《たくわん》を、柳太は夢中で頬張る。茶漬けをずずっと啜る音と、沢庵をぽりぽり齧《かじ》る音が、夜更けの役宅に交互に響いた。

三

この時代の二月といえば、現代の三月にあたる。寒さが幾分和《やわ》らいでくるとはいっても、朝晩とまだ冷えることも多い。

仕事帰り、木暮と桂は日比谷町の料理屋〈ことぶき〉に立ち寄り〝すっぽん鍋〟で一杯やっていた。

七輪《しちりん》の上でぐつぐつと煮える鍋を突《つつ》きながら、木暮は首を捻る。

「いってえどういうことなんだ。鳥海寺の者たちも、もしや薬種問屋の一件に関わっているってことなんだろうか」

「薬種問屋と公事宿が繋がっていて、そこに鳥海寺も関わっているとすれば、ひょっとして水口藩も何かで繋がっているのでしょうか。あの〈雅伝の教え〉の修験者たちも」

二人は顔を見合わせる。木暮は眉を顰《ひそ》めた。

「もし本当にそんな事態なら……密かに大事になってるってことじゃねえか。そろそろ、そのいずれかに踏み込めねえかな。誰かをしょっ引いてきて、すべてを吐かせることが出来れば、芋づる式に一味を捕らえられるだろう」

桂は頷き、声を潜めた。

「先ほど奉行所を出る時、耳にしたのですが、大奥の座敷牢《ざしきろう》に入れられていた葉山殿、御自害なさったそうです」

「本当か」

木暮は目を見開く。桂は頷いた。

「でも……なにやら不審な点があるようなのです。御自害というのは建前で、本当は毒を盛られたのではないかと」

木暮は息を呑んだ。鍋から立つ湯気が、二人の視界を曇らせる。

木暮は苦々しい声を出した。

「町中にまで醜聞が流れちまって、その責任を取らせるためにも、そのような処置がなされたのだろうか」

「葉山殿は、取り調べられた時〈雅伝の教え〉のことを正直に話したのでしょうか」

「どうだろうな。もし話したとしても、上のほうで揉み消しちまって、箝口令《かんこうれい》を敷くだろう。大奥にとって、坊主や修験者、役者などが相手の色恋沙汰《いろこいざた》など、町の者たちに一番知られたくない醜聞だからな」

「直接手にかけていないにせよ、間接的にも〈雅伝の教え〉はついに死者を出したということですね」

「うむ」

木暮は、肉厚のすっぽんの身を嚙み締め、旨みの溶け出た汁をずずっと啜った。

「踏み込むとしたら、やはり〈雅伝の教え〉がいいだろう。どうにかして、あいつらをしょっ引けねえものかな」

「鳥海寺が後ろ盾になっているというのが気になりますが」

「うむ。俺が調べたところによると、鳥海寺は古くからある寺で、今まで何か問題を起こしたこともない。表立って危ぶまれてはいないってことだ」

「それなのに、なぜ、あのような怪しげな修験者たちを庇護《ひご》しているのでしょう。何かの伝手《つて》なのでしょうか」

「うむ……それはまだ分からねえな」

「鳥海寺が後ろにいるとすると、〈雅伝の教え〉に乗り込んだ場合、鳥海寺の者たちが現れて、ここも我々の寺の一画だ、などと言い出すかもしれません」

「あるいは、修験者の奴らが、鳥海寺のほうに逃げ込んじまうかもしれねえしな。そしたらお手上げだ。寺の中には、俺たち町方は踏み込めねえからな。それをいいことに、好き放題やってる破戒僧《はかいそう》なんてのもいるぐらいだ」

「生臭《なまぐさ》坊主、極まれり、ですか。しかし、いくらなんでも、あまり妙なことをすれば、そのうち寺社方に目をつけられるとは思うのですが」

　桂は酒を啜って、溜息をつく。

　木暮もぐっと一杯呑み干した。

「そりゃそうだよな。……よし、宇崎様に一度御相談してみるか。鳥海寺を探ってもらうよう、寺社方に頼んでもらうんだ」

「それはいいですね。寺社方も宇崎様のお話なら聞いてくださるかもしれません」

「あるいは宇崎様からお奉行の千々岩《ちぢわ》様にお話しいただいて、千々岩様から寺社奉行にお伝えいただくという手もある。宇崎様は千々岩様の覚えもめでたいから

「持つべきものは、頼りになる上役といったところでしょうか。……なんだかお腹が空きました」

桂はすっぽんと葱をたっぷり、自分の皿に装う。

「おう、食おうぜ。この後のメの雑炊がまた旨《うめ》えんだよな」

「まことに。すっぽんの旨みが溶け出た汁を吸って、米粒が艶々《つやつや》と膨らんで、堪りませんよね」

二人は額に薄っすら汗を浮かべながら、すっぽん鍋を味わい尽くすのだった。


木暮は宇崎に相談し、町奉行の千々岩を介して寺社奉行へと話を上げた。

しかし寺社方からの返事は、素っ気なかった。

「鳥海寺について調べた結果、何も不審な点はない。寺としてまっとうである」

〈雅伝の教え〉については、何も触れられていなかった。木暮は肩を落とした。

――穿《うが》った見方をするなら、葉山殿のことがあったばかりなので、上のほうは、今はまだ事を荒立てたくないのかもしれねえな。今は様子を窺っていて、ほとぼりが冷めた頃に、鳥海寺なり〈雅伝の教え〉なりを処罰する考えなのではないか。今、踏み込んだりすれば、葉山殿と風雅に関するおかしな噂が町中に広まるかもしれんしな。……まあ、鳥海寺とあの修験者たちの疑いをちゃんと伝えることは出来たのだから、それはよかったぜ。これで寺社方が密かに目を光らせてくれるかもしれん。そう祈ろう――

どんよりとした曇り空が広がる日、大川から遺体が揚がった。首の痕《あと》から、絞《こう》殺《さつ》されたものと思われた。

遺体の身元はすぐに分かった。家族から探索願いが出されていたからだ。殺されたのは、京橋《きょうばし》の乾物《かんぶつ》問屋〈いぬい屋〉の主人だった。遺体を確かめに番所を訪れた内儀は、木暮の前で泣き崩れた。

「あなた、あなた、ごめんなさい」

内儀は遺体にすがりつきながら、そう繰り返した。

木暮は悴《かじか》んだ手を火鉢にかざしながら様子を窺い、内儀が少し落ち着いてきたところで、訊ねた。

「いったい、何があったんだ」

内儀は涙を拭い、洟《はな》を啜りながら、ぽつぽつと答えた。

「まったく情けないお話です。……お恥ずかしながら、私、いい歳をして、ある修験者の加持祈禱に夢中になってしまったのでございます」

木暮の眉が動く。内儀は、洗《あら》い浚《ざら》い打ち明けた。例の修験者の風雅に嵌まってしまい、百両を毟《むし》り取られたこと。それを知った主人が激怒し、奉行所に訴えると〈雅伝の教え〉に怒鳴り込みにいったということを。

「それきり行方《ゆくえ》が分からなくなっていたのです」

内儀は咽《むせ》び泣《な》く。

木暮は、はっきり訊ねた。

「風雅とは、男と女の間柄だったのか」

内儀は俯いたまま、暫く口を噤《つぐ》んでいたが、小さく頷いた。

「……いつの間にか、そのようなことになっておりました。風雅様は、魔性《ましょう》の方なのです。あの目で見つめられると、なにやら躰が熱く火照《ほて》ってきて……自分でもどうしようもなくなってしまって。私は、息子よりも年少の風雅様の虜《とりこ》となり、溺《おぼ》れてしまったのです。あの方に望まれるままお布施《ふせ》を渡し続け、騙されたと気づいた時には、手遅れでした。なにもかもが」

内儀は躰を震わせ、再び嗚咽《おえつ》する。

木暮は忌々《いまいま》しそうに顔を顰めた。

――この女、騙されたってはっきり分かっているのに、まだ風雅のことを様付けしてやがる。いったい、どんな魔物なんだ、風雅ってのは。もしや……本当に魔術でも使えるのだろうか――

木暮は不意にお藤を思い出した。お藤は一度遠目に見ただけだが、木暮には、まだ見たこともない風雅と妙に重なり合うのだった。

遺体を引き取って内儀が帰ると、木暮に怒りが込み上げた。

――あいつら、もう、捨ててはおけん。鳥海寺が関わっていようが、後で寺社方に怒られようが、そんなこと知っちゃいねえ。乗り込んでやる――

血気盛《けっきさか》んな木暮は、桂や忠吾とともに、〈雅伝の教え〉に向かった。顔を引き締め、黒羽織を翻し、ばら緒の雪駄でざくざくと道を踏み締めながら。三人は道すがら話した。

「〈雅伝の教え〉は坪八が見張っているが、〈いぬい屋〉の主人が怒鳴り込んだことには気づかなかったのだろうか」

「異変を感じたかもしれやせんが、迂闊《うかつ》に中には入れやせんからね。あそこには門番もいやすし」

「主人の死体を運び出したのは深夜でしょうね。近くの川に捨てたところ、大川へと流れてきたのでしょう」

「案外〈雅伝の教え〉の連中は見張られているのに気づいていて、坪八の姿が見えなくなった隙《すき》に、始末したのかもしれねえな。飲み食いもせず、厠《かわや》にも行かず、風呂にも入らず、眠りもせず、見張り続けるなんてことは出来ねえもんな」

三人は大川を猪牙舟で渡り、山谷堀で下りると、〈雅伝の教え〉がある聖天《しょうでん》町《ちょう》へ駆け足で向かった。

木暮たちが〈雅伝の教え〉に到着すると、見張っていた坪八が目を丸くした。

「御苦労様です。ついに乗り込むんでっか」

「何か変わったことはねえか」

すると坪八の顔がなにやら曇った。

「もしや……。いえ、つい先ほど〈雅伝の教え〉の連中がぞろぞろと向こうの鳥海寺のほうへ入っていったんですわ」

木暮たちは顔を見合わせる。〈雅伝の教え〉の門を叩くも何の返事もなく、四人がかりで押すとようやく開いた。

「誰かおらぬか」

踏み込むも、察したとおり、既《すで》にもぬけの殻だった。危険を察知したのだろう、風雅はじめ修験者たちは一足先に、鳥海寺へと隠れてしまったようだ。

さすがに鳥海寺には町方は容易に踏み込むことが出来ず、木暮たちは歯軋《はぎし》りするばかりだ。本堂にしゃがみこんで、頭を抱える。

「寺社奉行の許可はなかなかもらえねえだろうからなあ。このまま奴らが鳥海寺から出てこなかったら、もう当分しょっ引けねえ」

「勘のいい奴らですね、悔しいことに」

「千里眼ってのは本当かもしれやせんぜ」

「申し訳ありませんでした。さっき飛び出していって、鳥海寺に入るのを邪魔してやればよかったですわ」

坪八は板の間に頭を擦《こす》りつけるように、平身低頭する。木暮は坪八の肩を叩いた。

「いやいや、よくやってくれてるぜ。相手は五人だ。お前が一人で邪魔しても、やり返されていただろうよ。お前に怪我でもされちゃ、俺が心苦しいからな。無理はしねえでいいぜ、坪八」

「温かいお言葉、いつもありがとうございますぅ」

坪八は目を潤ませる。坪八も忠吾と同じく、木暮に忠誠を誓っているのだ。まだまだ至らぬ自分がいくらドジを踏んでも、いつも木暮は気にするなと笑顔で励ましてくれる。だからこそ坪八は、木暮の手下として働けることを幸せだと思い、次こそは失敗しないようにしようと張り切るのだった。


木暮と桂が歯軋りしながら奉行所へ戻ってくると、宇崎竜之進がふらりと同心部屋に現れ、木暮を手招きした。木暮は慌てて廊下へと出る。

陽が傾く刻《とき》、薄暗くなった廊下で、宇崎は木暮に告げた。

「俺も気になって、鳥海寺について少し調べてみたんだ。御老中飯尾遠江守殿《いいおとおとうみのかみどの》には、お結衣《ゆい》の方という御側室がおられる。そのお結衣の方の御父上の菩提寺《ぼだいじ》が、鳥海寺なのだ。……寺社奉行が鳥海寺を厳しく調べないのは、そのことも関係しているのかもしれない」

「つまりは……御老中、飯尾遠江守殿への忖度《そんたく》ということですか。やり切れませんな」

木暮は拳《こぶし》を握る。宇崎も溜息をついた。

「見て見ぬふりという訳だな。……まったく、羅切《らせつ》（去勢）されちまってるな、公儀ってやつは」

「宇崎様だってお役人ではありませんか」

「お前だってそうじゃねえか」

二人は顔を見合わせ、笑みを浮かべる。木暮ははっきりと答えた。

「私は自分を役人だとは思っていませんから」

「俺だって同じだ。俺はただの男だ、羅切されていない」

「私も……そうありたいものです」

木暮はどうしてか、不意に声を詰まらせた。宇崎は大らかな笑顔で、木暮の肩を叩いた。

「木暮、今度一緒に岡場所にでも遊びにいこうぜ。男同士の付き合いだ。約束だぜ」

「はっ、はい。楽しみにしております」

奉行所勤めの虚しさに疲弊《ひへい》しつつも、宇崎のさりげない心遣いで、木暮にやる気が再び漲《みなぎ》っていく。

すると同心部屋がなにやら騒がしくなり、筆頭の田之倉が木暮を呼びにきた。

「おい、両国広小路で辻斬りがあったようだ。斬られたのはどうやら見世物小屋の主人らしい。木暮、桂と一緒にひとっ走りいってきてくれ」

木暮の顔が引き締まる。

「はっ、かしこまりました」

木暮は田之倉と宇崎に一礼し、桂とともに南町奉行所を飛び出した。

第三章　謎の文字

一

両国広小路の辺りには猥雑《わいざつ》な芝居小屋や見世物小屋などが建ち並び、寒い時季にも独特な熱気を放っている。陽が傾いてきた頃に辻斬りがあり、一頻《ひとしき》り騒ぎとなったが、遺体は番所に運ばれ、暮れ六つ（午後六時）の今ではだいぶ落ち着いていた。

木暮と桂は両国に着くと、まず番所へ行って遺体を検《あらた》め、次に辻斬りの現場を見にいった。近くには、まだ人だかりが出来ている。木暮はその中に、知った顔を見つけた。

黒猫を抱いた妖艶《ようえん》なる美女、お滝《たき》だった。二十六歳のお滝は〈風鈴座《ふうりんざ》〉という小屋で黒猫を操る芸を見せている。巧《たく》みな芸はもとより、その美貌《びぼう》と色香も相俟《あいま》って、この界隈では人気者である。婀娜《あだ》っぽいお滝は、皆から姐《ねえ》さんと呼ばれて親しまれていた。

木暮は盗賊に纏《まつ》わる事件でお滝と知り合い、行きつけの料理屋で時たま呑み交わすような仲だった。

お滝の隣には、前田虎王丸《まえだとらおうまる》と長作《ちようさく》がいた。木暮はこの二人のことも知っている。

虎王丸はお滝と同じく〈風鈴座〉の芸人で、力士あがりの大男だ。その力業《ちからわざ》たるや物凄いもので、米俵《こめだわら》をお手玉のように扱ったり、男五人が乗った戸板を頭の上に掲げ上げたりなどは、朝飯前である。前田虎王丸の名は両国界隈に響き渡っていた。そんな猛者《もさ》の虎王丸だが、お滝には滅法《めつぽう》弱く、下僕《げぼく》のように仕えている。

長作は〈玉《たま》ノ井座《いざ》〉という小屋で軽業《かるわざ》を見せている。一座の座長の息子でもあるのだ。細長くしなやかな躰をバネのように弾ませる長作の軽業芸は、多くの観客を魅了していた。お滝から坊やと呼ばれて、子供扱いしやがってと不貞腐《ふてくさ》れながらも、なんだかんだお滝に懐《なつ》いている。長作も虎王丸と同様、お滝の用心棒のような役割を果たしていた。

いつもは賑《にぎ》やかな三人が、神妙な顔で、現場を眺めている。木暮は三人に近づき、訊ねた。

「殺されたのは、この辺りの小屋の主人だというが、本当か」

「はい、本当です。〈山背座《やましろざ》〉という小屋の御主人の、泰三《たいぞう》さんですよ」

お滝が答えた。

「どのような者だったか知っているか」

「……評判がよい人とは言えませんでしたね」

「恨みを買うようなこともあったって訳か」

「詳しくは知りませんが、あったかもしれません。強欲《ごうよく》な人だったといいますから」

お滝の腕の中で、黒猫がにゃあと啼《な》く。虎王丸が口を挟んだ。

「なかなか酷《ひど》いことをしてたって話ですよ。芸人へのピンハネは当たり前、年端《としは》もいかない娘に乱暴したとかしないとか、そんな噂ばかりで」

「小屋の周りで聞き込んでみたら、もっと詳しいことが分かるんじゃねえかと」

長作も付け加えた。

「なるほど、そういう男だったって訳か」

木暮と桂が頷《うなず》き合っていると、人だかりの中から、話し声が聞こえてきた。

「やったのって、殺し屋じゃねえのかな。辻斬りに見せかけた」

「金をもらって殺しを請け負《お》っている者も、この江戸にはいるというからな」

「袈裟《けさ》切《ぎ》りの一太刀《ひとたち》、腕の立つ者に違いねえ」

「どこぞの浪人者だな、きっと」

「殺された奴、酷《ひで》えことしてたっていうからな。天誅《てんちゅう》が下ったんじゃねえの」

江戸っ子たちは口さがない。お滝が、微かな声で呟《つぶや》いた。

「殺し屋なら……易々《やすやす》とは捕まらないわね」

お滝の腕の中で、黒猫が再び甘えるように啼いた。


木暮と桂が〈山背座〉の周辺に聞き込みをしてみると、辻斬りを目撃したと証言する者がいた。

「あの御主人を斬ったのは、怪しげな浪人者ですよ。いきなり現れて、目にも留まらぬ速さで御主人を斬りつけ、忽《たちま》ち逃げ去りました」

浪人者は頭巾を被っていたので、顔はよく分からなかったという。

木暮たちは奉行所に戻って田之倉に報せたが、この件は単なる辻斬りということで片付けられてしまいそうだった。

数日して、坪八から注進があった。

「親分の代わりに出合茶屋を見張ってましたら、腰元らしき女が出てきたんですわ」

　忠吾が以前に見た女と同じ者かもしれぬと期待しつつ、坪八は尾《つ》け始めたという。すると女が戻っていく先は、確かに水口藩上屋敷がある方角だった。

　女はやはり途中で、稲荷の椿の木の枝に、文を括りつけた。忠吾が見た女だと確信した坪八はそこで尾けるのをやめ、急いで文を奪い取ったという。

　文を懐に仕舞い、身を潜めて、稲荷を見張った。必ず文を受け取りにくる者が現れるはずだ。女が連絡《つなぎ》を取っている相手が誰か、確かめようとしたのだ。

　暫くして、笠で顔を隠した、半纏に股引穿きの男が現れた。男は暫く椿の枝を探っていたが、どこにも文を見つけられず、肩を落として引き返していく。

　坪八は気取《けど》られぬよう注意を払いながら、男の後を尾けていった。男が向かった先は、馬喰町。男は速やかにこっそりと、件《くだん》の公事宿〈竹橋屋〉へと入っていった。坪八が〈竹橋屋〉をずっと見張っている柳太に訊ねてみると、その男は公事宿の者ではないが、時折出入りをしているとのことだった。

　坪八の話を聞いて、木暮は唸った。

「水口藩の腰元が連絡を取り合っていたのは、公事宿に関わりがある者ということか。……これで確かになったのは、水口藩の腰元と、鳥海寺、公事宿、薬種問屋がやはり繋がっているということだ。そこには例の修験者たちも加わる、と。しかし、なにゆえに腰元まで関わっているんだろうな」

　坪八は懐から、奪ってきた文を取り出した。

「これが件の、枝に括りつけてあった文ですわ」

「坪八、でかしたぞ。これは確かな証になる。礼を言うぜ」

　木暮は大きな手で、小柄な坪八の頭を撫でた。

「お力になれて嬉しいですわ」

　坪八は頰を紅潮させ、まるでお父っつあんから褒められた子供のように無邪気に喜ぶ。

　木暮は意気込んで、文を開いた。しかし……読めない。それは、解読不可能な文字の羅列だった。文には、こう書かれてあった。

《木黒　氵紫　木黄　金青　身白　木赤　金色　身色　氵赤　火白　木色　金青
土黒　亻紫　氵紫　木黄　土赤　木色》

　木暮と桂は文を覗き込み、首を捻《ひね》った。

「どこぞの異国の文字でしょうか。清国《しん》にもこのような文字はありませんよね」

「たとえば一番初めのは、〝木〟と〝黒〟で何かを意味してるんだろうか。もっこく、きぐろ、黒い木ということか。それとも〝木〟が偏《へん》で、〝黒〟が旁《つくり》で、併合して一文字になっているのか。でもそんな漢字、見たことねえしなあ」

「興味深いのは、左側は〝木〟や〝火〟〝土〟など自然を表す文字ですね。〝氵〟も〝水〟に繋がりますし。対して右側は〝紫〟〝赤〟〝白〟など色を表す文字になっています」

「なにかの暗号かもしれねえな」

「もしや、自分たちだけにしか分からない、秘密の文字を作り、それで文を書いていたとか。それならば、我々は解読出来ませんよね」

木暮と桂は顔を見合わせ、溜息をつく。田之倉はもとより誰も読み解くことが出来ない。木暮は宇崎に訊ねてみたいとも思ったが、本日は御白洲《おしらす》に出ているので慌ただしいようだった。

――暗号文の解読まで宇崎様を頼りにしてしまっては、やはり甘え過ぎだよな。どうにか自分たちの手で読み解いてやろう。……しかし、分っからねえなあ、いくら考えても――

意味不明の文を眺め、木暮は首を傾げるばかりだ。桂が木暮に耳打ちした。

「お手上げですね。……まあ、こういう時には、奉行所以外の強い味方を頼りにするという手もありますが」

「なんだか悔しいが、そうするか。あの先生のことも、頼りにしてばかりだがよ」

二人は頷き合うと、文を握り締め、奉行所を出た。

二人が向かった先は薬研堀、邑山幽斎の住処兼占い処〈邑幽庵〉だった。幽斎に占いを視《み》てもらおうと女たちが列をなしていたが、木暮は朱房の十手をちらつかせながら、端女《はしため》のお条にずけずけと願い出た。

「先生に急いで頼みたいことがあるのだが」

「かしこまりました。奥の部屋でお待ちくださいまし」

お条は少々呆れながらも、二人を中に通した。出されたお茶を啜り、落雁を齧《かじ》りながら待っていると、幽斎が現れた。

「お待たせしてすみません」

「いやいや、こちらこそ押しかけちまって、すまねえなあ。お忙しいところ、本当にかたじけない」

木暮と桂は背筋を正し、幽斎に頭を下げた。

桂は些《いささ》かバツの悪そうな顔で、付け加える。

「その節《せつ》はまことにお世話になった。おかげで、すっかり調子がよい。改めて御礼を申し上げる」

「それはよろしかったです。お力になれて、光栄でございます」

幽斎はいつもと変わらぬ穏やかな笑みを浮かべ、木暮たちに礼を返した。

「それで先生、早速だが」

木暮は懐から件の文を取り出し、幽斎に見せた。その文を坪八が奪い取ってきた経緯《けいい》などを話し、木暮は溜息をついた。

「頑張ってみたが、桂と俺も、ほかの同心たちも、解読出来なかった。俺たち常人には無理でも、先生だったらもしや読み解けるんじゃねえかと思って、持ってきたんだ。どうかな、先生。この文が読み解ければ、一連の不可解な事件の大きな手懸かりになるんじゃねえかと思うんだが」

幽斎は文を眺めながら、静かに答えた。

「どうにか読み解くよう努めますので、少し預からせてもらえませんか。色々調べてみます」

「かたじけねえ。本当にかたじけねえ。すまねえな、先生、いつも色々頼んじまって」

木暮と桂は再び幽斎に頭を下げる。幽斎は躊躇《ためら》った。

「木暮殿、桂殿、やめてください。町方のお役人様にそのように頭を下げられては、こちらが落ちつきません。とにかく、この文書は責任もってお預かりいたします。秘密が漏れるなどということは決してないよう努めますので、御安心ください」

幽斎の頼もしい言葉に、木暮と桂は大きく頷く。二人は、これ以上仕事の邪魔をしては申し訳ないと、速やかに暇《いとま》した。

二人が帰ると、幽斎は文を見つめながら、呟いた。

「なるほど、そういうことか……」

木暮は気づかなかったのだ。文を開いた時、それを眺める幽斎の顔色が少し変わったことに。

幽斎はその夜、端女のお条が帰った後〈邑幽庵〉に手下三人を集めた。

両国の芸人であるお滝、虎王丸、長作だ。幽斎は彼らに向かって言った。

「早速ですが、取りかかっていただきたい仕事があります」

お滝、虎王丸、長作の背筋が伸びる。三人は声を揃えて答えた。

「はい、元締め。なんなりとお申しつけください」

なにかと世間を騒がしている〝世直し人〟の正体とは、この者たちである。元締めである幽斎の命《めい》を受けて、お滝、虎王丸、長作の三人が動き、奉行所が捕まえることが出来ぬ悪党どもを懲らしめているのだ。

占術や加持祈禱を行う幽斎のもとには、色々な悩みを持った者たちが訪れる。恨みや憎しみをどうしても消すことが出来ず、苦しんでいる者たちも多い。

今は人気占い師の幽斎であるが、かつては自分がそうであったように、弱い者たちの痛みや苦しみが分かるのだ。それをどうにか癒してあげたいと深く考えるうちに、世直し業に辿《たど》り着いたという訳だ。

法で裁けぬ悪者どもならば、懲らしめてやってもよいのではないかと、幽斎は思っている。

天に代わって、町奉行に代わって、などという大それたことは、考えはしない。法の目を掻い潜って罪なき者たちを陥《おとしい》れ、苦しめる悪党どもを、幽斎はただ退治したいだけなのだ。彼らの罪を白日の下《もと》に晒し、彼らが陰で悪事を働けなくなるまで追い込むことが、世直し人たちの目的だ。

それゆえ命を奪うまではしないが、世直し人たちに成敗され、罪が明るみに出て死罪となった者、世間から白い目で見られて生きていくことが困難になった者は数多《あまた》である。

もちろん、世直し人たちが追い込むのは、真の悪党のみ。己の欲得《よくとく》や矜持《きょうじ》を満足させるために、他人様《ひとさま》を陥れようとする、性根《しょうね》の腐った者どもだ。世直し人たちは高い美意識を守りながら、正体不明のまま、暗躍している。

幽斎は仲間を集めるに際して、まずお滝に目をつけた。幽斎は薬研堀に住んでいるので、両国界隈のことはよく耳に入ってくる。

盗賊というよりは〝義賊〟の頭領であったお滝の父親の話がどこからか伝わってきて、その血を受け継ぐ娘ならば頼もしいのではないかと、幽斎は思ったのだ。

幽斎はお滝に、腕っぷしの強そうな男を探してほしいと頼んだ。そうして連れてきてくれたのが、虎王丸と長作だった。

幽斎は三人を気に入った。お滝は思った以上に男勝《おとこまさ》りで、気風《きっぷ》がよくて情に厚い。虎王丸と長作は、その強さはもちろんのこと、明るく一本気なところが非常に頼もしかった。お滝たちも幽斎の志《こころざし》に共鳴し、四人は団結したのだ。

こうして世直し人たちの活動が始まったという訳である。それから一年と少しが経つ。

この夜も幽斎は、手下の三人と綿密な計画を練った。行灯《あんどん》の明かりが揺れ、微かに伽羅《きゃら》の薫りが漂う〈邑幽庵〉で。

二

次の夜。ぼたん雪が降る中、ある長身の男が鳥海寺を訪れた。男は編み笠を被り、山伏《やまぶし》のような姿で、大きな風呂敷を持っている。後ろには一人の女芸者を従えていた。男が門を何度か叩くと、寺奴が出てきた。

「なんの用だ」

男は、寺奴にそっと告げた。

「手巾《しゅきん》、華鬘《けまん》は如何《いかが》ですかな。天蓋《てんがい》、独鈷《どっこ》もお売りいたします。踊り字もございますよ。御所車《ごしょぐるま》なども揃えております」

どうやらその男は、仏具売りのようだ。踊り字、御所車というのは、些か奇妙でもあるが……。男は、続けて囁《ささや》いた。

「捌《さば》くのはお任せくださいまし。中へ入れていただけましたら、お作りいたします」

舌舐めずりをする寺奴に、その仏具売りは追い打ちをかけた。

「よろしければ、般若湯《はんにゃとう》を注ぐ、酌婦《しゃくふ》などもおつけしますよ」

寺奴は赤ら顔をさらに紅潮させ、にやりと笑った。

「よし、頼もう」

「かしこまりました」

仏具売りは笑みを浮かべて一礼し、背後に控えた〝酌婦〟を手招きする。こうして二人は、女人禁制の寺の中へと速やかに入っていった。

この仏具売りと酌婦、誰あろう、長作とお滝である。

昨夜、幽斎の命を受け、二人は計画どおりに鳥海寺に潜り込んだという訳だ。

長作とお滝は寺奴に連れられ、広い寺を奥へと進んだ。寺奴は時折振り返り、好色そうな目で、芸者姿のお滝を舐めるように見る。お滝は平然としたもので、真紅の唇に笑みを浮かべ、流し目を送り返した。

鳥海寺の中は、やはり、破戒僧たちの溜まり場だった。本堂、法堂《はっとう》、僧堂、あらゆるところで僧侶たちは酒を呑み、騒いでいる。なにやら女も紛《まぎ》れ込んでいるようで、どこからか艶《なま》めかしい声が微かに聞こえた。

お滝は法堂に連れていかれ、僧侶たち相手に酌をすることになった。法堂は本来、信者や雲水《うんすい》に説法や法話をする場所であるが、僧侶たちはそこに寝そべり、酒を食らっていた。

「おおっ、これはまた、別嬪《べっぴん》の姐さんがおいでなさった」

お滝を見るなり、僧侶たちは飛び起き、目を爛々《らんらん》とさせる。寺奴が僧侶たちに告げた。

「今、魚屋に捌いてもらってますから、料理も出てきますよ。今宵は、酒と魚と女で、ぱっといきましょう」

「それはいい。楽しみだ」

僧侶たちは嬉々とする。お滝は褄《つま》を取り、挨拶した。

「芸者の喜多乃《きたの》と申します。ちょいとごめんなさい」

お滝はするりと、僧侶たちの間に腰を下ろす。艶やかな紅紫色の着物を纏った、お滝の悩ましさといったらない。突然現れた美女に、僧侶たちは皆、顔を赤らめて大喜びだ。

「おお、これはこれは」

「今宵の宴、朝まで楽しもうじゃないか」

鼻の下を伸ばした生臭坊主たちに囲まれても、お滝は些かも動じない。お滝の白く滑らかな背中には、緋牡丹《ひぼたん》と黒猫の刺青が一面に彫られているのだ。気合の入り方が違うのである。

一方、長作は庫裡《くり》に連れていかれ、せっせと魚を捌いていた。魚売りに化けているという訳だが、ではなにゆえに仏具売りの姿をしていたのか。また、寺奴はどうして仏具売り姿の長作を、魚売りと思って寺へ通したのか。

それは、長作が〝隠語〟を用いていたからだ。僧侶たちの間で使われる「手巾」「華鬘」「天蓋」「独鈷」「踊り字」「御所車」「般若湯」……これらはすべて魚や酒の名を表す。

「手巾」は即《すなわ》ち〝鰻〟、「華鬘」は〝鯣《するめ》〟、「天蓋」は〝蛸《たこ》〟、「独鈷」は〝鰹節〟、「踊り字」は〝泥鰌《どじょう》〟、「御所車」は〝卵〟、「般若湯」は〝酒〟といった具合だ。

生臭ものは食べないというのが寺の決まりであっても、魚を密かに食べたい僧侶たちを相手にこっそり売りにくる魚屋がいた。しかし大っぴらに魚屋の姿では寺の中に入れないので、仏具売りに化けて、このような隠語を用いて、寺に出入りしていたのだ。長作もその手を使ったのである。

すべて幽斎の発案であった。長作は隠語を正しく用いていたので、寺奴も魚屋だとすっかり信じてしまったという訳だ。

長作は覚束《おぼつか》ぬ手で、しかし丁寧に魚を捌いていく。

鰻の頭の付け根あたりに包丁を入れて締め、釘《くぎ》で目打ちをしてまな板に固定し、背開きにしていく。巧みにすっと割《さ》ければよいのだが、そういう訳にはいかないので少しずつ割いていく。開いたら腸《わた》を取り除き、中骨を削《そ》ぎ取る。頭を落とし、腹回りの血や骨を扱き、背びれと腹びれを切り落として、捌きは終わる。

一心に取り組む長作の額に、微かな汗が滲んでいる。長作は捌いた鰻に、眠り薬の白い粉を、黙々と塗《まぶ》していった。


昨夜、幽斎は木暮から預かった文を長作たちに見せ、解説した。

――この文は、忍びの者が使う〝忍びいろは〟で書かれているのです。たとえば一番初めの〝木黒〟は、〝木〟が偏となり、〝黒〟が旁となって、それが合わさって一文字になるのですが、私たちが日頃使う文字にも異国の文字にも、このような漢字はありません。忍びの者だけが使う、忍び文字なのです。忍びの者たちは、偏と旁を組み合わせた文字を独自に作り、それに、いろはを順に当て嵌めていったのです。そうすれば、自分たちしか解読出来ない、暗号となります。その忍びいろはを用いて読むなら、一番初めの〝木黒〟は〝あ〟となるのです。

この忍び文字については、忍術伝書である『万川集海《まんせんしゅうかい》』、藤林左武次保武《ふじばやしさむじやすたけ》著、延宝《えんぽう》四年（一六七六）刊に記されている。

無類の本好きで、特に古書、稀覯書《きこうしょ》を愛する幽斎は、書物屋で『万川集海』を見つけた時には狂喜し、高額にも拘《かかわ》らず衝動的に買ってしまった。忍術は呪術や占術にも通じるものがあると、予《かね》てから幽斎は思っていた。

忍び文字に従って幽斎は、謎の文を読み解いた。

《木黒　氵紫　木黄　金青　身白　木赤　金色　身色　氵赤　火白　木色　金青
土黒　亻紫　氵紫　木黄　土赤　木色》

この文字の羅列《られつ》は、こうなる。

《あすよる　てらにとのまいる　きんすようい》

明日の夜、寺に殿が参る。金子を用意のこと……。

幽斎は言った。

――その〝殿〟が何者であるか、突き止めたいのです。

幽斎の話を、三人は緊張の面持ちで聞いた。

――水口藩といえば、甲賀《こうか》の国です。この文が忍びの文字で書かれていることからも、もしや今回の一連の事件の裏には、甲賀者たちが関わっているかもしれません。

薬種問屋、公事宿、謎の修験者たち。幽斎のもとにも〈雅伝の教え〉の被害に遭った者たちからの苦情が多く届いていた。

薬種問屋が出来たのは一年前、修験者たちが現れたのも一年前、調べてみたところ件の公事宿の主人が新しくなったのも一年前だという。

これは偶然なのだろうか。甲賀者たちは薬を作るのも得意とする。

戦国期に織田信長《おだのぶなが》が伊吹山《いぶきやま》の麓《ふもと》で薬草園を開くと、甲賀者たちは薬草を育て、常備薬や敵を眠らせる薬など様々なものを作った。そして作った薬を全国で売り歩いて、生計を立てていたという。現代でも甲賀地方に医薬品の会社や工場が多くあるのは、その名残《なご》りであろう。

一連の事件に見られたのは、忍術に通じる呪術、薬の製造・売買、口八丁の詐欺、妖術ともいうべき色仕掛け。

国元から江戸へ集められた甲賀者たちが各所へ分散し、それぞれ荒稼ぎをしていたということだ。

幽斎は考えた。桂を嵌めたお藤という女がその一味だったとしたら、なにゆえ桂を狙ったのだろうと。

同心の財布にそれほどの大金が入っているとは考えにくいので、結局は十手狙いだったと思われる。それを返したということは、お藤にも人の心が残っており、悔いが込み上げたということだろうか。

桂がなぜ狙われたのかは、まだはっきり分からない。お藤が彼に暗示をかけた、真の意味もだ。もしかしたら、罠《わな》に嵌まったのが、たまたま桂だったのかもしれない。

それはひとまず置いておくとして、今度の事件を起こしているのは甲賀古士《こし》たちだろうと、幽斎は考えていた。

関ケ原《せきがはら》の戦い以降、その業績を称《たた》えられて公儀に召し抱えられ、武士となった甲賀者たちもいるにはいる。百人組の一つである、甲賀組の者たちだ。

しかし、それはごく一部の者であり、豊臣秀吉《とよとみひでよし》によって改易《かいえき》処分となった甲賀の侍衆たちの大多数は平民にとどまったままだった。彼らのことを、甲賀古士と呼ぶ。

お藤もやはり甲賀古士なのであろうが、なぜ桂に、若年寄を殺す夢を見させたのだろうか。幽斎はそのことがやけに気に懸かった。

甲賀古士は……あるいは水口藩の者は、その若年寄・山内越中守右京介になにか恨みでもあるのだろうか。それとも……公儀へ挑もうとしているのだろうか。

かねてより公儀は、服部半蔵《はっとりはんぞう》をはじめとする伊賀者たちのほうを優遇していた。伊賀者たちは、武士の身分を保証されもした。対して甲賀古士たちは、いくら嘆願《たんがん》運動を重ねても、武士の身分をいまだに与えられぬのだ。忸怩《じくじ》たるものが渦《うず》巻《ま》いているに違いない。

それゆえ、甲賀古士たちは、公儀に挑みかかろうとしているのだろうか。江戸で悪事を働き、江戸の民《たみ》を苦しめ、同心に若年寄を襲わせるなどして公儀の権威を貶《おとし》めることを計画して。すべては、公儀に対する復讐《ふくしゅう》なのか。その企《たくら》みに国元の水口藩が荷担《かたん》して後ろ盾となり、鳥海寺が力添えしているのだろうか……。

懸念した幽斎は、鳥海寺を探ることにした。鳥海寺の本山は、水口藩にある。

幽斎の作戦を聞いて、虎王丸が訊ねた。

──木暮の旦那にはこの件、教えなくてもよろしいんですか。

幽斎は答えた。

──私も迷ったのですが、木暮殿にお教えするのは、こちらが乗り込んでからでもよいと思うのです。先に教えてしまいますと、木暮殿たちも文中の〝殿〟を気に懸け、確かめに見張りにいらっしゃるに違いありません。しかし恐らく〝殿〟は、鳥海寺へは駕籠《かご》に乗ったまま出入りするでしょう。すると表で見張っているだけでは、何者か突き止められません。かといって、木暮殿たちは寺の中に踏み込むことは出来ないのです。つまりは無駄足になりかねないということです。駕籠に乗って寺から出てきた後を尾けるという手もありますが……一味を操っていると思しき〝殿〟の正体が分かったところで、恐らく、木暮殿たちには手が出せないような気がするのです。

──それなりの権力がある人物なのでしょうね。殿と呼ばれるぐらいですから。

お滝の言葉に、幽斎は頷く。長作が口を挟んだ。

──ならばこちらが先回りして、ってことですか。確かに今回は、鳥海寺という水口藩といい、町方のお役人が容易に踏み込めないようなところで色々起きてますもんね。

ょう。

——町方の手が出せないような奴らなら、またこちらで、とっちめてやりましょう。

虎王丸はすっかり乗り気になっていた。幽斎は手下たちに頭を下げた。

——よろしく頼みます。甲賀古士たちの気持ちも分からなくはありませんが、どんな理由があろうと、人を騙したり傷つけることは、してはならぬと思うのです。我々なら、どうにかして鳥海寺の中へと潜り込めるでしょう。一連の事件に〝殿〟がどう関わっているかははっきり摑めていないので、〝殿〟を成敗するのはまだ早計と思われます。今は、正体を摑むだけでよいでしょう。……しかし、鳥海寺に逃げ込んでいるであろう〈雅伝の教え〉の者たちは、どうにかして捕らえたいと思います。あの者たちを縛り上げて奉行所の前に置いておけば、町方の皆様がなんとしても口を割らせるでしょう。そうすれば甲賀者の一味を、すべて捕らえることが出来るかもしれません。そして彼らの口から、事のあらましが明らかになるでしょう。〝殿〟と鳥海寺の僧侶たちの処罰はそれからになるでしょうが、もし木暮殿たちが歯向かえぬようであれば、そこでまた我々の出番となりましょう。

——かしこまりました。全容が分かるまで、〝殿〟なる者と、鳥海寺の僧侶たちに制裁を加えることはいたしません。

お滝たちは幽斎に深々と礼を返したのだった。


長作は魚料理の仕上げに、眠り薬を忍ばせ、僧侶たちのもとへ運んだ。お滝が調子よく酌をする酒にも、眠り薬が盛られている。鱈腹《たらふく》呑み食いした僧侶たちは、次々に崩れ落ちていく。

「おうっ、なんだかいい気分になり過ぎて、目が廻ってきたぞ」

その姿を眺め、お滝はほくそ笑んだ。

配膳しながら長作は、僧侶たちの中に修験者たちの姿がないことに気づいていた。

――ここにいるのは、如何《いか》にも生臭坊主といった奴らばかりだ。長年この寺で好き放題やってきた厚かましさや、こびりついた垢《あか》のようなものが感じられる。〈雅伝の教え〉の修験者たちは、匿《かくま》ってもらっている寺の中で、これほど図々《ずうずう》しくは出来ないだろう。それに、風雅らしき若く麗しい修験者など、どこにも見当たらない。ということは……どこかに隠れているに違いない――

長作はさりげなく寺の中を歩き回って、彼らが隠れていそうなところを探した。すると……怪しげな階段を見つけた。

どうやら地下へと下りる階段である。

長作は階段の近くに這《は》い蹲《つくば》い、耳を澄ました。物音と話し声が、微かに聞こえてくる。地下に修験者たちがいるのだと、長作は確信した。

――あいつらも眠らせてしまったほうがいいな。そのほうが容易に縛り上げられる――

そう考えた長作は、彼らの分も料理を用意し、階段の上から声をかけた。

「お料理、ここに置いておきます」

だが修験者たちは用心深く、すぐには現れない。長作が立《た》ち退《の》いて少し経つと、料理を持っていく気配があった。

暫《しばら》くして僧侶たちが皆眠った気配を確認すると、長作は、表で待っていた虎王丸を中に入れた。二人は、眠り込んだ僧侶の衣服を脱がし、それを纏った。お滝も芸者の着物を脱ぎ捨て、くノ一のような身軽な黒装束《くろしょうぞく》姿になった。

蠟燭《ろうそく》が灯る中、三人は息を潜めて〝殿〟の到着を待った。しかし、なかなか現れない。

「兄い、先に、地下の修験者たちを縛っちまおうよ。薬が効いて、眠ってる頃だ」

「そうするか」

長作と虎王丸が立ち上がる。お滝も蠟燭を持ち、一緒に行くことにした。

階段の上から様子を窺うと、地下は至って静かで、物音一つしない。

「まだ眠っているようだな」

三人は、ほくそ笑む。

細く急な階段を、蠟燭を持ったお滝が一番先に下り、長作と虎王丸が続いた。穴倉みたいな地下はとても寒く、お滝は凍えた。地下にも蠟燭が灯っていて、五人の修験者たちが倒れるように畳に突っ伏している。

二十代らしき者が二名、三十代らしき者が一名、初老の者が一名、そして風雅と思しき者の姿があった。

長作は風雅らしき者に近づき、じっくりと眺めた。目を閉じているが、その麗しさは、薄明かりの中でもはっきり分かる。形のよい額、長い睫毛、通った鼻筋、触れてみたくなるような滑らかな肌。

——女みてえだなあ。こいつ本当に男なんだろうか——

長作は思わず首を傾げてしまった。

「坊や、早く縛っておしまい」

お滝に急《せ》かされ、長作は我に返る。

手に持った縄を、風雅にかけようとした、その時だった。

風雅が急に目を開けたのだ。黒目勝ちの大きな瞳に長作は驚き、のけぞった。

風雅は長作に飛びかかり、やけに紅い唇を大きく開いて彼の肩に嚙みついた。

「痛《いっ》てえぇ」

地下に、長作の叫び声が響き渡る。

風雅の白い歯は、牙のように長作の肩に食い込んだ。長作が纏った袈裟《けさ》は食い千切られ、剝《む》き出しになった肩から血が流れ始めた。

「ぎゃあああっ」

風雅は長い黒髪を振り乱し、凄まじい形相《ぎょうそう》で長作に嚙みついたまま離れない。

お滝と虎王丸も驚き、後ずさる。虎王丸は袖に忍ばせてあった小さな吹き矢を取り出し、風雅に向かって放った。

風雅はさっと長作から離れ、とんぼを切って、俊敏《しゅんびん》に吹き矢を避ける。

そして風雅は、今度は虎王丸に飛びかかってきた。

「この野郎」

虎王丸は巨軀《きよく》に漲《みなぎ》る力を籠《こ》めて、風雅に張り手を浴びせた。風雅は部屋の隅まで飛んでいった。

壁に激突するも、風雅は忽ち身を翻し、何事もなかったかのように、再び飛びかかってくる。

「うわあっ」

腕に牙を突き刺され、虎王丸は思わず呻《うめ》き声を上げた。

「虎」

お滝は懐から短刀を取り出し、風雅の背に向かって投げようとした。刃物はあまり使いたくないが、このような状況ならば仕方がない。

すると、初老の修験者の雅王がむくりと起き上がり、お滝に急に抱きついてきた。雅王は凄い力で、お滝を羽交《はが》い締《じ》めにしてしまう。

――こいつら、食べなかったんだ。眠ったふりをしていただけだ――

お滝は悔しい思いで身を捩《よじ》る。満身に力を籠めて雅王を突き飛ばし、腕を斬ってやろうと短刀を掲げた。

だが雅王はにやりと笑って、素手で短刀を摑んだ。その手に血がみるみる滲んでくる。そんなことはなんでもないように、雅王は薄ら笑いを浮かべた。

お滝はぞっとしつつ、雅王と睨み合い、力を籠め合う。雅王は手を血だらけにしながら、お滝から短刀をもぎ取ってしまった。

そして今度は、お滝が短刀を突き付けられる。

その時、虎王丸の咆哮《ほうこう》が響いた。風雅に嚙みつかれたまま、ぐるぐる回り始めたのだ。その勢いで風雅の躰は宙に浮き、虎王丸とともに回転する。

「うおおおおっ」

虎王丸が目にも留まらぬ速さで回転すると、風雅はついに振り落とされた。勢い余って飛んでいき、お滝に短刀を向けた雅王へと命中する。

風雅に激突され、雅王は鼻血を噴き出して転がった。お滝はその隙に短刀を奪い返し、二人に突き付ける。

風雅もさすがに伸びていたが、くっくっと忍び笑いを漏らしながら、またも起き上がる。

風雅の麗しい顔は蒼白《そうはく》になり、牙には血が滴《したた》っていた。大きな目もなにやら青く光り始めている。お滝は後ずさった。

ほかの三人の修験者も立ち上がり、薄笑みを浮かべて、向かってくる。その中の一人、雅連が、お滝に飛びかかった。

「きゃああっ」

お滝の叫び声が響き渡る。

「てめえ、なにしやがんだ」

虎王丸が雅連を、後ろから締め上げる。すると雅優と雅音が、虎王丸へと飛びかかり、揉み合いになる。

長作は肩の傷を押さえながら、袖《そで》から焙烙火矢《ほうろくひや》（手榴弾《しゆりゆうだん》のようなもの）を取り出すと、蠟燭で火をつけ、風雅に向かって投げつけた。

爆発が起こり、割れた焙烙が飛び散って突き刺さる。

こんな狭いところで爆発させれば自分たちも傷を負うと分かっていても、長作は使わざるを得なかった。最後の手段だ。

地下に煙が充満する。さすがの風雅も痛手を負ったようだ。初老の雅王が、彼に擦り寄った。

「大丈夫か」

雅王は風雅を抱きかかえた。

その時長作は、風雅の口から「父さん」と聞こえたような気がした。

ほかの修験者たちも、立ち込める煙に噎《む》せ、肌に突き刺さった破片の痛みで顔を顰《しか》めていた。もう、揉み合うような状況ではない。

「ひとまず、上へいこう」

長作は袈裟の袖で口を押さえながら、お滝と虎王丸に告げる。修験者たちに先行され、階段口を塞がれてしまったりしては敵《かな》わないので、長作が先頭切って駆け上がる。次にお滝を引き上げ、虎王丸を続かせた。

修験者たちも身の危険を感じたのだろう、続いて階段を上がってくる。風雅は、雅王に背負われていた。

修験者たちは皆、先ほどの爆発で怪我をし、消沈《しょうちん》している。風雅の顔色はますます青白くなり、目を閉じたままだ。

――さっさと縛っちまうか――

長作と虎王丸は目配せをし、縄を手にして修験者たちに近づいた。一人、二人と、おとなしく縄にかかっていく。残るは風雅と雅王のみとなり……。

風雅はかっと目を開くと、躰を弾ませ、雅王の背から虎王丸へ飛びかかってきた。

「うわあっ」

虎王丸は仰天《ぎょうてん》しつつ、風雅を振り払おうとする。風雅の鋭く光る牙が虎王丸の首に齧りつきそうになったのを見て、お滝が短刀を投げつけた。風雅はそれをさっとかわし、後ろ向きにとんぼを切って、お滝たちから遠ざかる。

風雅の反逆の隙に、雅王は縛られた修験者たちの縄を素早く切った。

「おい、待て」

長作と虎王丸が修験者たちに飛びかかって押さえつけようとしたが、修験者たちは懐から手裏剣を取り出し、投げつけて制止した。

「毒が塗ってあるかもしれないから、気をつけろ」

足を止めた虎王丸の声が響き渡る。五人の修験者たちは様々な形の手裏剣を、目にも留まらぬ速さで投げつけてきた。お滝は短刀を両手に持って構えたが、飛んできた手裏剣に直撃され、落としてしまった。

闇を飛び交う手裏剣を避け、世直し人たちは後ずさる。風雅は大きな目を青く光らせながら、懐から小さな玉を取り出した。それを牙で嚙んで破裂させ、廊下に振りまく。そして廊下を照らす蠟燭を摑んで放り投げた。

小さな玉には油が詰められていたのだろう、忽ち燃え上がる。

「うわあっ」

火の勢いに気圧《けお》され、世直し人たちは飛《と》び退《の》いた。その隙に修験者たちは投げつけた手裏剣を素早く回収し、とんぼを切りながら去っていく。

「待ちやがれ」

長作と虎王丸は、脱ぎ捨てた袈裟で火を叩いてどうにか鎮《しず》めると、修験者たちを追いかけた。

しかし、皆、とっくに寺から逃げ出してしまっていた。

虎王丸と長作は地団駄《じたんだ》を踏んで悔しがる。お滝も肩を落とした。

「さすがに甲賀者だけあって、手強いわね。……皆、無事なだけよかったわ」

だが三人とも爆発と手裏剣にやられて、顔は黒ずみ、大なり小なりの傷は負っていた。

〝殿〟も異変を察知したのか、ついに姿を現さなかった。

落胆したお滝たちは、僧侶たちが目覚める前に、鳥海寺を去った。

世直し人たちが修験者たちと戦っていた、その頃。脱藩浪人の日下部兵庫は、富島町《とみじまちょう》の料理屋で河豚《ふぐ》を堪能した後、千鳥足で日本橋川沿いを歩いていた。これから妻子が待つ長屋へと帰るのだ。

――いやあ、久しぶりの河豚は旨かったぜ。毒に中《あた》るか中らねえかっていう、あのひやひやした感じもいいんだよなあ。旨いものを愉《たの》しむにも金が要る、か――

日下部の財布には、二両の金が入っている。日下部は懐に手を入れて笑みを浮かべたが、その笑みはすぐに消えた。

――人を斬って三両か。金をもらって人を斬るというのは、理に適《かな》ったことじゃねえよな、やはり。……でも俺は、皆に疎《うと》まれている悪党を、頼まれて斬っているだけなんだ。これは正義だ、恥じることじゃねえ――

日下部は自分に言い聞かせるように、心の中で呟く。

――それに、藩から逃げてきた俺には、そう易々と仕官の口がある訳でもない。傘張りの内職で得られる金などたかが知れている。仕方ねえんだ、生きていくためには。何をするにも、金が要るからな。……残りの一両も、早くもらいにいかなければ――

肌寒い夜、痩せた野良犬が弱々しく啼きながら、うろうろと彷徨《さまよ》っている。

日下部はその犬に、ふと自分の姿を重ね合わせた。懐から息子の土産《みやげ》に買ったボウロを取り出し、犬に分けてやる。犬は嬉々として貪《むさぼ》った。

「腹が空いてたんだな」

日下部は犬の頭を撫でる。犬は、ありがとうというように、愛らしい啼き声を立てた。日下部は犬に微笑みかけ、手持ちのボウロを、すべてあげてしまう。犬は夢中で食べた。

犬と戯《たわむ》れながら、川べりに目を移したところで、日下部はおやと思った。佇んでいる女の様子がおかしい。川を見つめ、今にも身投げしそうなのだ。

――止めなければ――

日下部は立ち上がったが、同心らしき男が駆けてきて女を押さえた。女は、放してくださいと、同心の腕の中で身を捩る。同心は、女を抱きすくめる。女は暫くもがいていたが、やがておとなしくなり、同心の腕の中で啜り泣いた。ふっくらと肉づきのよい、艶めかしい女だ。

女は潤んだ目で、すがりつくように同心を見つめる。同心は女の背に手を当て、二人一緒に寄り添うように歩き出した。

日下部は、二人の様子をじっと窺っていた。

――なにやら妙な雰囲気だ。あの二人は、これから番所に行くのだろうか。それとも――

素行のよろしくない同心もいると、話には聞く。日下部は犬の頭を撫でながら、苦笑した。

――しかし、俺もなんだな。殺し屋の仕事を引き受けておきながら、人の命を助けようとするなんざ、なんだか矛盾《むじゅん》してらあ――

ボウロを食《は》みながら、犬が素直な瞳で日下部を見上げる。日下部はゆっくりと立ち上がった。

――ボウロはなくなっちまったから、握り鮨でも土産に買って帰るか――

澄んだ夜空に、星が瞬《またた》いていた。

三

如月も終わりのある日、奉行所内が騒然となった。件の若年寄、山内越中守右京介が、本当に襲われてしまったのだ。

襲った者は、なんと北町奉行所の鏑木《かぶらぎ》という同心で、即刻取り押さえられた。山内越中守は、一命こそ取り留めたものの重体となっている。一方、同心の鏑木は錯乱《さくらん》し、死罪を申し渡された。

同輩たちによれば、鏑木も――近頃、嫌な夢をよく見る――と愚痴をこぼしていたらしい。噂を聞いた桂は青褪《あおざ》めた。

「一歩間違えれば……私が山内越中守殿を襲っていたかもしれません。恐ろしいことです」

「あまり気に懸けるな。お前は無事だったんだから、よかったぜ。本当によ」

木暮は桂を励ましつつ、眉を顰《ひそ》めた。

——鏑木が女にだらしないという噂は、前々からあったな。恐らく桂と同じ手口で、女に嵌められたのだろう。その女はやはりお藤だったのだろうか。お藤だったとして、なぜ、それほどまでに山内越中守殿を襲わせたかったのだろう——

奉行所の醜聞は、江戸の町にも広まった。北町のみならず南町内もぴりぴりと張り詰め、木暮と桂も重苦しい気分だった。

同輩たちは、溜息交じりにこぼした。

「嫌なものですよ。町を見廻っていると、こちらに目をやりながらひそひそ噂する町人たちがいるのです。こちらは何もしていないのに、同じ役職の者が御公儀の顔に泥を塗ったそのツケが、廻ってくるのですからね」

「俺なんか聞こえよがしに、さすが不浄役人の御同心様、って揶揄《やゆ》されたぜ。ぶん殴ってやろうかと思ったわ」

そのような愚痴を聞きながら、桂は俯くばかりだ。

ちなみに町方同心だけでなく町方与力も、罪人を扱う仕事ゆえ、不浄役人と言われることがあった。町人のために奮闘している町奉行の職務を、汚れ仕事と見なす者もいたのである。

鏑木はどうやら女のことは何も喋《しゃべ》らずに、腹を斬ったようだ。山内越中守は依然、予断を許さぬ容態《ようだい》だった。


木暮と桂は込み入った話をするために八丁堀を離れ、両国は大川端の料理屋〈ぐつぐつ亭《てい》〉に赴いた。

座敷には幽斎も呼んでいたのだが、まだ来ていないようだった。同心二人で先に呑み食いを始める。この店の看板料理は、その名のとおり、〝ぐつぐつ煮〟だ。鰹と昆布《こんぶ》の併せ出汁で作ったたっぷりの汁で、大根、蒟蒻、昆布、卵、はんぺん、厚揚げ、白滝など様々な具を煮込んでいる。

現代でいうところの〝おでん〟のようなものであるが、この時代おでんと言えば、田楽《でんがく》のことだった。現代のおでんの形にはまだなっていないので、ここでは

〝ぐつぐつ煮〟と呼ばせてもらいたい。

味の染みた軟らかな大根や、色がうっすらついた卵を頬張り、木暮と桂は目を細める。辛子《からし》をちょいとつけると、いっそう美味だ。出汁と具材が溶け合った匂いが、また堪らない。事件がなかなか解明出来ず鬱々としながらも、二人の食欲は旺盛《おうせい》だった。

「薬種問屋と公事宿、修験者たち、こいつらに共通しているのは、荒稼ぎをしていたということだ。例の不妊を治す薬だって、九両の金をこつこつ巻き上げ、結構貯めただろうよ」

「あの薬は、効き目がない訳ではなかったのですよね」

「うむ。小石川養生所で調べてもらったところ、躰によい薬草ばかりを調合してあったそうだ。ただ、不妊にてきめんの効き目があるとは言えないそうだ。まあ、少なくとも躰に悪い薬ではなかったのだろう」

「まさに毒にも薬にもならない、微妙な薬もどきだったのでしょうか。そのようにして、三者三様、とにかく稼いでいたと。皆、仲間だったということでしょうね。繋がりが見えましたし」

「うむ。それから、彼らの間を行き来していた繋ぎの者たちもいるな。思ったんだが、薬種問屋の〈大黒屋〉が店を開いて忽ち繁盛したというのは、その繋ぎの者たちがあちこち吹聴《ふいちょう》して回ったからかもしれねえな。とても効く薬を売っている店がある、とかな。ほら、いわゆる、噂流し集団の手法だ。こちらは、よい噂しか流さねえ、自演のものだけどな。不妊を治す薬も、そうやって広めたんだ、きっと」

「なるほど、そのような役割を果たしていた者たちがいるという訳ですね。ならば、一味はすべて合わせると結構いるのでしょうか」

「うむ。何人ぐらいいるんだろうな。まあ、十人は確実にいるだろうが、二十人はいないような気がするぜ」

「それぐらいでしょうね、やはり」

「それとよ、公事宿の〈竹橋屋〉を洗ってみたところ、今いる公事師は一年前に新しく来た者で、前の主人だった公事師の従弟《いとこ》ということだ。……だが、なにやらおかしいんだよな。前の主人と内儀、その倅、手代たちは、ある日を境に、煙のように姿を消してしまったというんだ。周りの公事宿にも何の挨拶なく。それで周りの者たちが——あれ、店が閉まったままで、最近姿を見かけないな——などと思っていると、今の主人が現れて、新しい手代を連れてきて居座ってしまったというんだ」

「まさか元いた者たちを殺して、乗っ取ってしまったとか。鑑札《かんさつ》などはどうなっているのでしょう」

「従弟と名乗る今の主人が言うには、前の主人は大病にかかり、武州《ぶしゅう》のほうで家族とともに療養しているらしい。一年ほどしたら戻ってくるので、今はその留守を預かっているだけだ。それゆえ、鑑札は従兄の名のままでお許しいただいた、とな」

答えながらも、木暮は腑に落ちていない。桂も同じく首を捻った。

「はっきり分かっているのは、彼らが手を組んで、金を稼いでいたということですね。でも……不思議なのは、いくら金は大切といいましても、なにゆえにそれほど荒稼ぎをしなくてはならなかったのかということです」

「うむ、そこなんだよな。なにやら、なりふり構わず金を稼いでいるという印象さえ受ける。鳥海寺も関わっていそうだ。おまけに水口藩の腰元まで繋がりがありそうだし、挙句《あげく》の果てに若年寄の山内越中守殿のことまで加わるとなれば、もう、なにがなにやら」

木暮は汁の染みたはんぺんにかぶりつき、顔を顰める。桂も溜息をついた。

「本当に、いったい、どういうことなのでしょう」

「うむ。まったくだ」

木暮は口から出かかった推論を、呑み込んだ。

――この事件には、奇妙なことが多い。お藤といい〈雅伝の教え〉の奴らといい、まるで呪術使いのようだ。一味は呪術使いまで揃えてるっていうのか――

その時、木暮はふとあることに思い当たった。

「呪術……そうか、水口藩。そうか……もしや、いやまさかな」

「どうしたのです。なにか気づかれましたか」

桂が木暮の顔を覗き込む。そこへ、よく通る低い声が響いた。

「そのまさかと存じます」

襖が開き、幽斎が現れた。黒い着流しに黒羽織を纏い、漆黒の長い髪を今日は後ろできりりと束ねている。幽斎が入ってくると、部屋にふわりと伽羅の薫りが漂った。

木暮たちの隣に腰を下ろし、遅くなったことを詫びつつ、幽斎ははっきりと述べた。

「今回の一連の事件には、甲賀者が関わっていると存じます」

幽斎は、木暮から預かっていた文を取り出し、忍びいろはについて説明しながら、二人の前で謎の文を読み解いてみせた。

幽斎から甲賀古士の話を聞き、桂は声を上げた。

「なるほど、積年の不満を世に訴えるために、甲賀古士たちと国元の水口藩が組んで、騒ぎを起こしたという訳か。さらに水口藩に本山がある鳥海寺が、力添えしたと」

「では、この〝殿〟というのは、水口藩の藩主のことなのか。でも、今は国元にいるはずだが。……それとも密かに江戸のどこかにいるのだろうか」

木暮は首を傾げる。幽斎は静かに言った。

「おかしいと思いませんか」

木暮と桂に見つめられながら、幽斎は続けた。

「この一件、薬種問屋はわざとらしく、寺社奉行の受け持つ地で営んでおります。その薬種問屋に騙られた者たちが寺社方へ訴えにいくと、証文も何もないので、公事宿をあたってみろと言われてしまう。寺社方の勧めで馬喰町の公事宿をあたってみるも、どこからも断られ、引き受けるのはいつも同じ、怪しげな公事宿のみ。……何者かが裏から手を回し、そこ以外の公事宿には、薬種問屋の訴えの件からは手を引くようきつく申し渡していた……とも考えられませんか。まあ、いずれにしろ勝ち目のない訴えなので、どこも単に手を貸さなかっただけかもしれませんが。ともかく、修験者たちの後ろ盾として匿《かくま》っていたと思われる鳥海寺といい、この事件にはやけに〝寺〟が関わっております。どういうことでしょう」

木暮は息を呑んだ。

「もしや……初めから寺社方が関わっていると」

幽斎の緑がかった目が、鋭く光る。桂は顔を強張らせ、眉根を寄せた。

木暮は声を絞り出した。

「その文にある〝殿〟とは、寺社奉行のことだというのか」

寺社奉行の定員は四名ほどで、今は三名いる。須賀能登守《すがのとのかみ》、大井豊後守《おおいぶんごのかみ》、白川《しらかわ》下野守《しもつけのかみ》だ。

――黒幕は、そのうちの誰なのだろう――

考えを巡らせて、木暮は唸る。

「一連の不可解な事件は、甲賀古士、水口藩、鳥海寺、そして寺社奉行が結託してやったことだというのだな」

幽斎は頷いた。

「恐らく、水口藩主というよりは、江戸家老あたりが関わっているのではないでしょうか。藩主はもしや何も知らず、寝耳に水かもしれません」

「なるほど、寺社奉行と水口藩江戸家老が後ろ盾となり、鳥海寺に力添えしてもらって、甲賀古士を操り、荒稼ぎしていたということか」

桂は腕を組む。木暮は思った。

――お藤も、恐らく甲賀の者だったのだろうな。だから呪術を使えたんだ――

だが木暮はまだどこか釈然《しゃくぜん》としていなかった。

「甲賀古士たちは、力のある者たちに後ろ盾になってもらって、自分たちを蔑《ないがし》ろにした公儀に楯突《たてつ》いてるってことか。荒稼ぎした金の分け前はあるのだろうか」

「儲けの中から、後ろ盾になってくれた者たちには、かなりの額を渡していたと思うのです。御礼として。恐らく、甲賀古士たちの手元に残るのは微々たるものだったのではないかと」

出合茶屋の主人が覗き見たという光景を、木暮は思い出した。腰元と思しき女は実は腰元に化けた甲賀者で、鳥海寺の僧侶に渡したのは御礼金だったのだ。

女は嫌な顔をしつつも、僧侶に躰を弄《もてあそ》ばれるままに耐えていたというのだから、甲賀者の苦渋《くじゅう》が忍ばれた。

——そうまでして、今までの屈辱《くつじょく》を晴らしてえものなのかな——

木暮は顔を顰めつつ、ぽつりと口にした。

「そういや……桂の御先祖様は伊賀者だったな。だからこそ、目をつけられたのかもしれねえな」

「私も……そうではないかと考えておりました」

桂は酒を一息に呑み干した。


桂は密かに、ずっとお藤を探し続けていた。自分を騙った女だと分かっていても、どうしてか気に懸かって仕方がなかったのだ。

北町奉行所の鏑木が山内越中守を襲った時には、桂は戦慄《せんりつ》した。もしお藤が同じ手口で鏑木を操ったのだとしたら、なんて怖い女なのだろうと。

だが桂は、お藤が好き好んで悪事を働いているとは、どうしても思えなかった。誰か悪い者に脅かされて、手伝わされているのではないか。それゆえに、桂は出来る限り、お藤を救ってやりたかったのだ。

桂はお藤をどうにかして見つけ出し、よく話し合って、一味から抜け出させ、罪を償《つぐな》わせて更生させたかった。お人好しにもほどがあるが、真剣にそう思っていたのだ。

――あの夜のお藤は、なんと優しく嫋《たお》やかに、私に尽くしてくれたことか。あんなに細やかな心配りの出来る女人《にょにん》が、真に悪い女である訳はあるまい。……私はお藤を立ち直らせてあげたいのだ。必ずや――

木暮が聞いたら大笑いしそうな男の純情を揺らしながら、桂はお藤の行方を追っていた。

馬喰町で見かけてからは、時間があれば密かに馬喰町を探っていた。だが、あれから、お藤の行方は杳《よう》として知れなかった。

――もしや、お藤は今、水口藩の屋敷に身を潜めているのでは。腰元として潜り込んでいる訳ではないようだから、いるのは上屋敷ではなく、下屋敷のほうかもしれない。下屋敷のほうが、隠れやすいだろうし――

桂は、水口藩の下屋敷を見張ることにした。水口藩の下屋敷は、高輪《たかなわ》は品川《しながわ》沖を望める海岸のすぐ近くである。

二、三日見張り続けると、夕刻、そこからそっと出てくるお藤を、ついに目撃した。

桂は顔を強張らせ、胸を熱くさせながら、駆け寄った。桂の姿を認めると、お藤は怯《おび》えた表情で慌てて逃げた。

桂は必死でお藤を追いかける。

「私は怒ってなどいない。訳を聞かせてくれないか」

大きな声で叫ぶと、お藤は振り返った。紅い唇を噛んで、切なげな目で桂を見る。

お藤は深く頭を下げ、再び踵を返して走り去ってしまった。甲賀者だけに、お藤の脚は速い。必死で後を追う桂だったが、ついに追いつけなかった。

第四章　涙

一

木暮は三日三晩かけ、寺社奉行と甲賀者の因縁《いんねん》を調べ上げた。

甲賀者の苦渋は、今から二百四十年も前、豊臣秀吉が天下を取った頃に始まる。もともと甲賀の地侍は佐々木六角《ささきろっかく》氏や織田信長に仕えていたが、天正《てんしょう》十三年（一五八五）に秀吉によって改易《かいえき》処分とされ、武士の身分を取り上げられてしまったのだ。

甲賀は秀吉の家臣である中村一氏《なかむらかずうじ》の支配下となる。これにより一部の元侍衆たちは再び武士の身分を与えられたが、多くは百姓身分の平民となることを余儀なくされた。平民となった者たちを甲賀古士と呼んだ。

江戸時代になっても、神君家康《しんくんいえやす》公の伊賀越えを助けた多羅尾《たらお》氏などの武士は重んじられたが、甲賀古士はどうしてか疎んじられた。

甲賀古士たちはどうしても武士の身分を取り戻したくて、寛文《かんぶん》の頃から公儀に嘆願《たんがん》を繰り返していた。彼らが武士の身分に復帰したかったのは、生活に困窮《こんきゅう》していたからでもあった。

寛文二年（一六六七）に作成して公儀に提出した『乍恐以訴状言上仕候《おそれながらそじょうをもってごんじょうつかまつりそうろう》』で神君家康公や公儀に仕えた由緒《ゆいしょ》を主張したが、受け入れてはもらえなかった。

諦めきれなかったのだろう、その後、寛政《かんせい》期にも訴願《そがん》し、寺社奉行に忍術書『万川集海』を提出したが、またも受け入れられることはなかったのだ。

甲賀古士たちが如何に武士の身分をもらいたかったか、貧しい生活を建て直したかったか、自分たちを認めてほしかったか、彼らの無念が伝わってくるようだった。

記録として残っていなくとも、甲賀古士たちが密かに訴願を続けていたであろうことは察せられた。

――寺社奉行は、甲賀古士たちの悲願を利用して、悪事に加担させていたのかもしれねえな――

木暮は察した。

弥生《やよい》（三月）に入り、だいぶ暖かくなってきた。木暮と桂は桃の花咲く道を抜け、両国のももんじ屋へと入っていった。

座敷へ上がり、猪肉《ししにく》がたっぷり入った〝牡丹鍋《ぼたん》〟を注文する。牛蒡《ごぼう》、芹《せり》、春菊、蒟蒻《こんにゃく》に焼豆腐が入り、彩りも鮮やかだ。昆布で出汁を取った、味噌味の汁。これが猪肉には一番しっくりくる。

木暮と桂は、ふぅふぅと息を吹きかけて冷ましながら、猪肉を味わった。

「脂がとろりと蕩《とろ》けて、旨《うめ》えよなあ。猪肉は軟らけえところがいいわ」

「肉から滲み出た旨みと脂が、野菜や豆腐に染みて、これがまた堪《たま》りません」

「肉の臭みも、まったく感じねえ。牛蒡が消してるんだろうな。猪肉は躰によいというし、野菜もたっぷりで、食うほどに健やかになれそうだ」

二人は鍋とともに、酒を堪能する。〆には饂飩を入れてもらい、猪肉の旨みを心ゆくまで味わい尽くした。

「ああ、よく食べました。世知辛《せちがら》いことを忘れるには、絶品の料理と酒、これに尽きます」

「……それに、いい女が加わりゃ最高だけどな」

木暮と目が合い、桂は苦い笑みを微かに浮かべた。

二人は静かに酒を啜る。もう夜もそれほど冷えないので、木暮は障子窓を半分ほど開けた。大川を渡る猪牙舟《ちょきぶね》が見える。空には山吹色の細い月が浮かんでいた。

　木暮は、煙管《キセル》を燻《くゆ》らせた。

「分かったような気がするぜ。お藤がお前に、なにゆえに若年寄の山内越中守殿を殺す夢を見させたのか。恐らく、黒幕の寺社奉行が、お藤に命じたんだ。本当に若年寄を斬り殺してしまう気になるほどに強い暗示をかけろ、とな。寺社奉行からしてみれば、若年寄が一人消えれば、一足飛びに自分がその役職に就けるかもしれねえからな」

　桂は酒を呑みながら、背筋を正して、木暮の話を聞いている。木暮は灰吹きにぽんと灰を落としつつ、続けた。

「自分の手の者が若年寄を襲って、もしそれがバレてしまったら、忽《たちま》ち身の破滅だ。だが、自分とは何の関係もない同心に暗示をかけ、殺《や》らせちまえば、自分にはまったく疑いがかからずに済むからな。……寺社奉行はお藤を唆《そそのか》したんだろう。その同心の先祖は伊賀者だ。お前らの敵なのだ、と」

「つまりは……寺社奉行が甲賀古士を操って荒稼ぎし、その金を、若年寄に出世するための賂《まいない》（政治資金）にしようとしていたということですか」

　桂の唇が微かに震える。

「うむ。甲賀者たちの分け前なんて、ほとんどなかったんだろうな。それでも、自分の先祖たちが叶えられなかった熱い願いを、どうしても叶えたかったんだろう。寺社奉行は甲賀者たちに、金を渡せば武士の身分を返してもらえるよう計ってやる、などと言っていたんだろうよ」

「騙《だま》して手伝わせていたのでしょうか」

桂の声が掠《かす》れる。木暮はそれには答えず、猪牙舟を眺めながら、煙管を吹かした。

「調べてみたところ、山内越中守殿を煙たがっていた寺社奉行というのは、大井豊後守忠興《ぶんごのかみただおき》だ。駿河《するが》国沼津《ぬまづ》藩五万石の大名でもある。企んだのは、恐らく、あいつだ」

「……甲賀古士たちは、大丈夫なのでしょうか。無事でいられるのでしょうか」

桂は俯き、膝《ひざ》の上で拳を握る。

「なに、大丈夫さ。あいつらは強いだろうから、どんな目に遭ったって、逃げおおせるだろうよ。忍びの者だぜ、あいつらは」

木暮は桂に微笑みかけたが、本音は隠していた。

――そんな悪党なら、用済みになったと思った者たちには……酷《ひで》えことをするかもしれねえな――

木暮は寺社奉行の大井豊後守忠興を怪しいと思ったものの、証拠がない。そこで忠吾、坪八、柳太、仁平に頼み、交互に、大井豊後守の上屋敷、中屋敷、下屋敷を見張ってもらうことにした。上屋敷は愛宕山近くの神谷町《かみやちょう》、中屋敷は日本橋松島町《まつしまちょう》、下屋敷は高輪の泉岳寺《せんがくじ》近くにある。

大井豊後守が藩主である沼津藩の上屋敷と、水口藩の上屋敷はともに愛宕にあり、近い。また沼津藩の下屋敷と、水口藩の下屋敷も、ともに高輪にあり近かった。

――屋敷がこれほど近いなら、大井豊後と水口藩が繫がっている可能性は、やはり高いな――

木暮が腕をこまねいていると、忠吾から注進があった。

「大井豊後守は舟に乗ってよく下屋敷に来ておりやす。そして、その下屋敷に、鳥海寺の住職である雲海が忍んでいくところを目撃しやした」

「なに、本当か。よくやったぞ」

木暮は身を乗り出す。忠吾は一礼し、続けた。

「駕籠で乗りつける者もおりやして、何者かはっきり分からなかったのですが、明け方に出てきたところを尾《つ》けると、近くにある水口藩の下屋敷へと入っていきやした。大井豊後守と水口藩に繋がりがあるのは、間違いありやせん」

「よく突き止めてくれた。忠吾、礼を言うぜ」

逞《たくま》しい肩を木暮に叩かれ、忠吾は真に嬉しそうな笑みを浮かべる。

「水口藩の下屋敷から、大井豊後守の下屋敷へ駕籠が運ばれるのは、何度か目撃しやした。誰が乗っているのかは、まだ判りやせんが、坪八が一度、水口藩の下屋敷から運び出された駕籠を尾けていくと、向かった先は水口藩上屋敷だったそうです。とするとその時駕籠の中にいたのは、藩主あるいは……」

「江戸家老だろうな。藩主の加藤佐渡守《かとうさどのかみ》殿が国元におられることは摑めている。藩主以外にそれほど好き勝手に駕籠を使って屋敷間を動けるのは、江戸家老ぐらいだろう。水口藩江戸家老、笠原将監《かさはらしょうげん》だ」

木暮は顔を引き締める。

「大井豊後と笠原将監を捕らえることは難しいだろうが、どうにか甲賀古士たちだけでも引っ張ってくるか。修験者の奴らは今も鳥海寺に潜んでいるのか否かよく分からんが、薬種問屋と公事宿のほうはまだ開いているみてえだから、踏み込むか。騙《かた》りだというはっきりした証拠がなくとも、無理にでもしょっ引いてきて、吐かせちまおう。田之倉も煩《うるせ》えし……それに、このまま放っておいたら、今度は甲賀古士たちが危ないかもしれねえ」

「あの修験者の奴ら、今は鳥海寺でなく、ひょっとして水口藩の下屋敷に隠れてるんじゃねえでしょうか。なにやら、そのような気がしやすぜ」

「うむ、忠吾、いいところに目をつけたな。水口藩の下屋敷のほうにも、目を光らせておいてくれ。その前に、明日早速、薬種問屋と公事宿に踏み込んじまおう。なんだかんだと理由をつけて連れてくるんだ」

「かしこまりやした。おともいたしやす」

忠吾は頼もしげに厚い胸を叩いた。


やる気が漲った木暮は、奉行所の仕事を終えると、桂、忠吾、坪八とともに、明日の計画を練るため、料理屋へと足を運んだ。食べて気力と精力を養うためだ。

日が暮れて賑わう大きな通りをぞろぞろと歩いていると、瓦版屋の井出屋留吉と出くわした。

「おっ、皆様お揃いで。これから、これですかい」

猪口《ちょこ》を傾ける仕草をしながら、留吉は調子よく言う。

「いやあ、羨《うらや》ましいことで」

「おう、お前さんも連れていってやりてえけど、また今度な」

木暮が調子よく返して通り過ぎようとすると、留吉が羽織の袖を引っ張った。

真顔になった留吉は、木暮に耳打ちした。

「この前起きた、両国広小路での辻斬りですがね、妙な話が耳に入ってきやしたんで」

「……どんな話だ」

木暮も顔を引き締める。

「殺された〈山背座〉の主人が、たいそうな吝嗇《りんしょく》だったってのはご存じですよね。こつこつ金を貯めて、陰で高利の金貸しをしてたっていうんです。……その得意客の中に、寺社奉行の倅がいたというんですよ」

木暮は険しい目で、留吉を見た。

「その寺社奉行の名は分かるか」

「はっきりとは、まだ。紋所は、三つ柏《がしわ》だったそうですがね」

大井豊後守の家紋と一致する。木暮は眉根を寄せた。

その頃。寺社奉行の大井豊後守忠興は、大井家下屋敷で、酒宴を開いていた。

傍らには、艶《あで》やかな姿の女がいる。すらりとした躰に白藍《しらあい》色の着物を纏い、桔梗《ききょう》色の帯を締め、物憂《ものう》げに目を伏せていた。大井豊後守は、その白く華奢《きゃしゃ》なうなじを、好色そうな目つきで眺め、薄笑みを浮かべた。

「お藤、近頃、なにやら沈んでいるではないか。こうしてわしが呼んでやったのだから、もっと嬉しそうな顔をしろ」

大井豊後守は、お藤をぐいと抱き寄せる。お藤はされるがままになりながら、はい、と蚊の啼くような声を出した。

大井豊後守は酒を啜ると、お藤の細い顎を摑み、唇を塞いだ。無理やり酒を口移しされ、お藤は身を捩ったが、諦めたように呑み込む。

微かな息を漏らすお藤を眺め、大井豊後守はにやりと笑った。

「江戸へ集められた甲賀古士たちの中で、お前が最も美しかったから、わしの女にしてやったのではないか。ほかの者たちがなりふり構わず稼いでいる中で、お前だけ悠々としていられたのは、誰のおかげだ」

大井豊後守は舐めるような目つきでお藤を眺めながら、ごつい手でその躰を撫で回し始める。

「いけませぬ……」

身を捩るお藤を抱きすくめ、大井豊後守は激しく愛撫《あいぶ》した。

「お前のこの躰と色香を見込んで、同心をたぶらかしてもらおうと思ったのだ。お前はお前に出来るのは、色仕掛けと呪術ぐらいだからな。ふふ……。なのに、お前は失敗したな。うん、正直に答えろ。お前がかけた暗示が途中で効かなくなってしまったのは、まあ、仕方がないとしてもだ。お前は盗んできた十手と財布を、どこにやったのだ。あの十手と財布は、この下屋敷に隠していたはずだ。なのに、いつの間にか消えていた。問い詰めても、存じませんと言い張ったな。だがな、わしは知ってしまったのじゃよ。お前が狙った、南町奉行所の桂は、朱房の十手を取り戻したと。……なあ、正直に答えろ。お前がこっそり、奴に返したんだろう。お前、桂に惚れたのだな。あの男は、それほどよかったのか」

大井豊後守の手がお藤の衿元に滑り込み、豊かな乳房を摑む。お藤は唇を嚙んだ。

「申し訳ございません……勘弁してくださいまし」

声を震わせるお藤の乳房を強く揉みながら、大井豊後守は薄ら笑いを浮かべる。

「そう簡単には許さないぞ。お前の代わりにお杏《きょう》が北町の鏑木を見事に嵌めてくれたから事を成しえたものの、お前が失敗したせいで二度手間になってしまったからな。忍びの者がこんな過《あやま》ちを犯すなど、本来ならば嬲《なぶ》り殺されるところだぞ。……ふふ」

大井豊後守の手は、お藤の躰を滑り、裾を捲《まく》り上げて白い腿へと伸びていく。

「御勘弁くださいまし……なにとぞ。ああっ」

お藤は歯を食い縛る。大井豊後守のごつい手は勢いよくお藤の帯を解き、着物を脱がせてしまう。隣の部屋には布団が敷いてあった。

大井豊後守は、襦袢一枚になったお藤を抱き上げ、布団に放り投げた。お藤は怯えた目で震えている。

すると……部屋に女が入ってきた。水口藩の腰元に化けていた、お杏である。

お杏も豊満な躰に襦袢を一枚纏っただけだった。笑みを浮かべたお杏の口元には、悩ましい黒子《ほくろ》があった。

大井豊後守はお藤とお杏を見比べながら、いっそう下卑《げび》に笑う。

「お藤、嬲り殺しにはせんよ、安心しなさい。でも、お仕置きは受けてもらおう。今からわしの前で、このお杏と抱き合うのじゃ。ふふ……女同士の睦み事も、わしの大好物でのう。たっぷり見せてもらおうぞ、夜が明けるまでな」

お藤の目が見開かれる。酷《むご》い辱《はずかし》めに身を震わすお藤に、お杏の手が伸び、襦袢をはぎ取ってゆく。お藤は唇を噛み、涙をほろりとこぼした。

二

翌日の昼過ぎ、木暮と忠吾は根岸の薬種問屋〈大黒屋〉に、桂と坪八は馬喰町の公事宿〈竹橋屋〉に向かった。ところが、いずれも店を畳んでおり、もぬけの殻であった。

木暮は頭を抱えた。

「遅かったか……。すると公事師に化けてた奴らも、水口藩の下屋敷に隠れちまったかもな」

「どうしやす。これから行ってみやすか」

「うむ。大名屋敷の中には、俺たちはどうしたって踏み込めねえ。そこに隠れていることを町奉行に伝えて、御老中へと上申してもらえば捕縛の許可が下りることもあるが、いかんせん、本当に下屋敷の中に潜伏しているのかすら、はっきり分かっていないからな。まだ予測の段階だ」

「仰るとおりで。甲賀古士たちが出入りしているところを目撃した訳じゃありやせん」

木暮は一息つき、言った。

「桂は一度、お藤が水口藩の下屋敷から出てくるところを見かけたそうだ。……気になるようで、密かに探っていたんだろう。ところが追いかけたけれど逃げられてしまったみたいで、以来、姿を見ていないそうだ」

「そんなことがあったんですか。ならば……お藤をはじめ甲賀古士たちはなおさら用心深くなっておりやすでしょう。動きを見せるとしたら、真夜中に限られると思いやす。暫く、辛抱強く張ってみやす。隠れている証拠をしっかり摑んで、上申はそれからということでも」

「頼もしいぜ、忠吾。無事捕縛出来たら、大いに呑み食いしような」

「はい、それを楽しみに頑張りやす」

肩透かしを食って落胆した木暮だが、忠吾の笑顔に励まされ、再びやる気が起きるのだった。

二人はいったん八丁堀へ戻ることにして、千住を去った。

桂と坪八も木暮たちと同じような判断をし、八丁堀へと戻った。


その頃、件《くだん》の水口藩下屋敷を、別の者たちも見張っていた。虎王丸と長作だ。世直し人たちも、修験者に化けていた甲賀古士たちが水口藩の下屋敷に逃げ込んでいるのではないかと目星をつけ、密かに見張り始めていた。

虎王丸と長作は芸人の仕事もあるので、つきっきりで見張ることは出来ないが、時間があればこうして探りを入れている。

「いつもは岡っ引きや下っ引きがこの辺りをうろうろしているけど、今日はいねえな」

などと言っていると、なにやら下屋敷の中に、十名ほどぞろぞろと入っていった。年齢もまちまちなその集団は、様子や身なりから甲賀者ではないかと窺《うかが》われた。

「今入っていったのは、薬種問屋や公事師に化けていた者たちや、そいつらの間を飛び回って繋ぎを取っていた者たちか。今日は何かの集まりなのかな」

「そろそろお上の手が伸びそうなんで、危険を察知して逃げ込んだのかもしれねえぜ」

「甲賀古士たちが一堂に集まったって訳だな。甲賀古士たちは、全部で何人ぐらいいるんだろうな」

「薬種問屋や公事師、修験者に化けていた者たち。繋ぎを取っていた者たち。腰元に化けたり、色仕掛けをしていた者たちなど、すべて合わせると十六、七人じゃねえか」

「あの広さの屋敷なら、それぐらいの人数、隠れられるな」

　下屋敷には屈強そうな門番が二人いて、厳重に見張っている。虎王丸と長作は門番に決して気取《けど》られぬよう細心の注意を払って、近くの繁みに潜んでいた。

　すると、なにやら浪人者が現れ、下屋敷をじっと見つめている。浪人者は門番に何かを訊ねたが、無下《むげ》に追い払われてしまった。浪人者は納得がいかぬという風に下屋敷を眺めつつ、去ってゆく。長作が虎王丸に耳打ちした。

「兄い、あの男、どこかで見たことねえか」

「わっしもそう思ったんだ。……ああ、そうか。近頃、両国をたまにうろついている、無頼《ぶらい》の浪人者じゃねえか。腕っぷしは強いと聞くぜ。あの無精髭《ぶしょうひげ》、野良犬《のらいぬ》みてえな風貌《ふうぼう》、間違いねえ、噂の素浪人様よ」

「そう言われてみりゃ、そうだ。間違いねえや。でも、この下屋敷になんの用があるってんだろう」

「時たま賭場《とば》でも開いてて、通ってんじゃねえのかな。ただ、今日は開かないとでも言われたんだろう。どこに住んでるかは知らねえが、御苦労なこった」

「なにか訳ありで、大名屋敷の賭場に行くにも、江戸の真ん中から外れているところのほうが都合いいのかもな」

薄暗くなっていく中、二人は小声でそんな話を交わす。すると、今度は渡り中間《ちゅうげん》らしき者たちが四十人以上、下屋敷の中にぞろぞろと入っていった。いずれも強面《こわもて》の、柄のよくなさそうな男ばかりだ。虎王丸と長作は首を傾げながら、その様子を眺めていた。

日は暮れ、静けさが増していく。二人が耳を澄まして見張っていると、先ほどの浪人者が、再びふらりと現れた。博打《ばくち》がしたくて堪らないのか、諦めがつかないらしい。浪人者は、またも門番にどつかれ、首を捻りつつ去っていく。……だが、途中で物陰に隠れ、遠目から下屋敷を窺い始めた。

「しつけえ野郎だなあ」

虎王丸と長作は苦笑した。

夜は、草の匂いがいっそう濃く感じる。少し経って、二人の耳に、微かな悲鳴が聞こえてきた。

虎王丸と長作は顔を見合わせた。下屋敷の近くに潜んでいるといっても、門まで八間《けん》（約十五メートル）ほどは離れている。なのに、悲鳴や物音が耳に届くのだ。下屋敷の中でどれほどの騒動が起きているのか、想像がつく。

虎王丸と長作は口には出さなかったが、二人とも同じことを考えていた。

――纏めて殺《や》るために、今日、甲賀古士たちを集めたって訳だったのか――

断末魔《だんまつま》の叫びが聞こえ、虎王丸と長作は目を瞑《つむ》る。甲賀古士たちがいくら強いといっても、四十人以上の屈強な侍が相手では、さすがに敵うとは思えない。腕の立つ者を揃えているであろうことは容易に察せられた。それに……甲賀古士たちに毒や痺れ薬を盛ってしまえば、苦もなく片付けてしまえるだろう。

どうにか助けてやりたいと思っても、虎王丸と長作の二人ではさすがに敵う気がしないし、第一、門番が目を光らせているので入ることが出来ない。

気持ちだけが焦り、手に汗を握っていると、血だらけの女が、木をよじ登って塀を飛び越えてきた。門番が気づき、女に向かって弓矢を引く。矢が肩に突き刺さり、女は倒れた。門番は再び女を弓矢で狙った。

——危ない——

二人が心の中で叫んだ時、別のところから刀が飛んできた。刀は、門番が放った矢にぶつかり、弾いてその軌道《きどう》を変えた。

「何奴《なにやつ》」

門番の怒声が響いた。刀を投げたのは、先ほどからうろついていた浪人者、日下部兵庫だった。

「どんな理由があるにしろ、女を痛めつけるってのは感心しねえなあ」

日下部は素早く刀を拾い上げ、飢えた野良犬のような顔つきで、門番に向かって構える。門番も日下部を狙って弓矢を構えた。

その時、虎王丸と長作が繁みから飛び出した。門番が驚いて怯んだ隙に、日下部は門番の腕を斬りつける。血が噴き出し、門番は叫び声を上げて弓矢を落とした。

虎王丸と長作は、もう一人の門番に向かっていく。門番は刀を抜き、二人に突きつけた。そこへ、日下部が投げた刀が飛んできて、門番の肩に突き刺さる。

「ぎゃあっ」

叫び声を上げて門番が蹲《うずくま》る。外の騒ぎを察知したのか、中から誰か出てくる気配がした。

日下部は虎王丸と長作に向かって叫んだ。

「早く、女を連れて逃げろ。助けてやれ。ここは俺に任せろ」

虎王丸たちは頷き、女を抱えて逃げ去る。日下部は中から現れた三人の侍を次々に倒し、虎王丸たちとは逆の方向へと走り去った。

闇の中、虎王丸と長作は女を担《かつ》いで駆け抜ける。追手が迫る気配を感じ、二人は振り返った。ぼんやりと輝いていた月が雲隠れした時、長作は焙烙火矢《ほうろくひや》を追手に向かって投げつけ、爆発させた。

闇の中、爆音とともに煙が立ち上り、破片が飛び散る。

追手をどうにか追い払い、逃げ去る。長作が名前を訊ねると、女は微かな声で「藤」と答えた。

二人はお藤を番所へと運び込み、告げた。

「南町奉行所の桂右近様が追ってらっしゃる人かもしれません」

桂とお藤のことは、元締めの幽斎からそれとなく聞いていたのだ。幽斎はもちろん詳しくは語らなかったが。

番所が騒がしくなると、虎王丸と長作はその隙を見て飛び出した。二人とも汗だくである。闇に追手が潜んでいないか注意を払いつつ、二人は素早く、来た道を戻っていった。

桂はその頃、とっくに馬喰町から奉行所に戻ってきていた。報《しら》せを受けた桂は顔を強張らせ、慌てて高輪へと向かった。

お藤は番所で医者に手当てされていたが、桂が駆けつけた時には、もう虫の息だった。

桂は、布団に寝かされたお藤の傍らに座り、その手をそっと握った。お藤は目を開け、桂の顔を見ると、微笑《ほほえ》んだ。

お藤は最期《さいご》に、桂に謝った。

「国元にもいる、多くの甲賀の者たちのために仕方がなかったのです。皆、貧しくて、武士の身分が取り戻せたら……少しは楽になると……許してください。本当に、ごめんなさい」

お藤の手を握る桂の手に、力が籠められた。

「謝らなくてよい。……お前の気持ちは分かっている」

お藤の目が潤む。

お藤は、桂を騙したことを真に悔やんでいるようだった。短い間だったが桂と一緒に過ごして、お藤も桂に仄《ほの》かな思いを寄せたのだろう。お藤が十手と財布を返したのは、その証だった。

桂はお藤をそっと抱き締める。お藤の躰は冷え切っていて、桂はこのままこうしてずっと抱いて、温めてあげたかった。

お藤は苦しい息の下からはっきりと、桂に告げた。すべては寺社奉行の大井豊後守、水口藩江戸家老の笠原将監が、鳥海寺住職の雲海とともに企んだことだと。

やがてお藤の意識は朦朧《もうろう》とし始め、言葉が覚束なくなってくる。息を荒くしながら、お藤は呟いた。

「父上……と、弟……無事なら、助けて……」

桂はお藤の口元に耳を近づけ、必死で聞き取ろうとする。

「お父上と弟か。任せておけ、案ずるな、お藤」

力強く桂が言うと、お藤は微かな笑みを浮かべ、涙を一滴こぼした。お藤の最期の言葉は、はっきりと桂に届いた。

「あの夜……幸せでした……とても。嘘ではございません……信じてください」

そう言い残し、桂の腕の中で、お藤は息絶えた。


一方、虎王丸と長作から話を聞いた番所の者が下屋敷を見にいったが、中に入れる訳でもない。提灯《ちょうちん》を照らしてよく見ると、門の前に血溜まりがあってぎょっとしたが、門を叩いて何事があったのかと問うても、まったく返事がない。番所の者は訝《いぶか》りつつも、一回りして戻ってしまった。

虎王丸と長作はこっそりと身を潜め、夜明けまで下屋敷の見張りを続けた。途中、虎王丸に引けを取らぬほど大きな体格の岡っ引きが現れ、やはり闇に潜んで下屋敷を窺っていた。

「あれ、忠吾の親分だろ」

「そうみてえだな」

長作と虎王丸は、囁《ささや》くように話す。

夜の帳《とばり》が下り、下屋敷は静まり返っている。先ほどの惨劇《さんげき》が嘘かのように、物音一つ聞こえない。闇に紛れながら見張っている三人の目は爛々《らんらん》としていた。

明け方、樽《たる》を載せた大八車が、何台かに分かれて水口藩下屋敷から運び出された。樽の中には、甲賀古士たちの遺体が詰められているに違いなかった。

舟に載せられ、すぐ傍の品川の海に、樽は次々と沈められていった。

一部始終を見届けると、虎王丸と長作は、忠吾に気づかれないように速やかに高輪を離れた。忠吾のほうは、引き続き下屋敷を見張るようだった。

両国へと戻る猪牙舟の上で、虎王丸と長作はようやく息をついた。

闇に慣れた二人の目には、朝焼けがやけに眩《まぶ》しかった。空は、白藍色、薄紅色、橙《だいだい》色の三層に、微かに重なり合いながら染まっている。遥かに続く海は、柔らかな朝陽を受けて、煌《きら》めき始めた。

惨殺された遺体が沈められたとはとても思えぬほど、海は穏やかだ。

虎王丸と長作は朝陽を浴びながら、海に向かって手を合わせた。甲賀古士たちの冥福《めいふく》を祈って。

桂は一睡もせず、赤い目で高輪から奉行所へ戻った。木暮は黙って桂の話を聞き、項垂《うなだ》れた。

「甲賀古士たちは水口藩下屋敷に集められて、どうやら纏めて殺られてしまったというんだな」

桂は頷いた。

「お藤の口から、聞きました。……酷《むご》過ぎます」

木暮は憤《いきどお》りのあまり、奉行所の廊下だというのに、つい声に力が籠もってしまう。

「大井豊後め、甲賀古士を利用するだけ利用して、始末しちまったってことか。どうせ甘い言葉で騙したんだろうよ。武士の身分をもらえるよう、わしが巧《うま》く取り計らってやる、などと言ってな。でも、そんな気は端《はな》からなかったって訳だ。……汚《きたね》え奴め」

木暮は血が滲むほどに唇を嚙む。木暮は、己に対する憤りも感じていたのだ。

――もう一足早く、どうにかして甲賀古士たちを捕らえておけば、この最悪の事態を防げたかもしれねえのに――

桂は、お藤が遺した「父上と弟」という言葉も気懸かりのようだった。木暮は勘を働かせた。

「ひょっとして、お藤の弟は〈雅伝の教え〉の風雅だったんじゃねえかな。二人とも麗しい見た目で、呪術の如きものを使えたという。とするとお藤の父も、修験者の一人だったかもしれねえ。親子で江戸へ来て、国元の仲間たちのために働いていたという訳か」

様々な思いが込み上げるのだろう、桂は口を閉ざしてしまう。木暮は桂の肩に手を置いた。

三

一方その頃、寺社奉行の大井豊後守と、水口藩江戸家老の笠原将監は、大井家の下屋敷で高笑いだった。

外見《そとみ》はひっそりしていながら、内装は下屋敷らしからぬほど華美に装飾されていた。長崎から取り寄せた南蛮《なんばん》渡来の調度品まで並んでいる。

大井豊後守は盃を掲げた。

「いやあ、愉快、愉快」

彼がこれほど機嫌がよいのは、重体だった若年寄の山内越中守が息を引き取ったという報せが入ったからだ。

「あの越中め、真面目腐った顔をして、いちいち煩《うるさ》くて敵わんかったからな。なにが綱紀《こうき》の粛正《しゆくせい》だ、まこと目障《めざわ》りだったわい。これでようやく若年寄の席が一つ空いた。甲賀の奴らから毟《むし》り取ったのは、三千両あまり。それを御老中や若年寄たちにばら撒いて、次はわしがその席に座るかのう」

「その暁《あかつき》には、私にもおひとつ」

笠原は大井豊後守へ酌をする。

「もちろんよ。ちゃんと分け前は考えておるわ」

大井豊後守は、にやりと笑う。

「甲賀の奴ら、こちらの企みにも気づかず、よく働いてくれたわい。特にお藤という女には愉しませてもらったのう。最後の最後まで、搾《しぼ》り取ってやったわ」

ほくそ笑む大井豊後守に、笠原が頰を寄せ、訊ねる。

「それはまた、どのように」

「ふふふ、それはのう」

大井豊後守が笠原の耳元で教えてやると、笠原は目を白黒させ、互いに顔を見合わせてくっくっと忍び笑う。

大井豊後守は、こう言って、甲賀古士たちを騙した。

――武士の身分がもらえるよう、わしが取り計らってやろう。なに、わしの力があれば、大丈夫だ。任せておけ。……その代わりといってはなんだが、三千両を都合してくれ。そうすれば一年後には必ず、甲賀武士と呼ばれるようになっておろうぞ。国元の仲間たちにも感謝されよう。お前さんたちは一躍英雄となるだろう。さすれば三千両など安いものではないか。

そこで笠原も調子を合わせるのだ。

――そなたたちの活躍で、甲賀者の行く末が決まるのだ。御公儀から武士の身分をいただければ、江戸家老の私としても鼻が高い。水口藩の名誉であると、殿もお喜びになられ、そなたたちを褒めてくださるであろう。そなたたちは、一年後には我が藩の名士となろうぞ。

その言葉を信じて、甲賀古士たちはなりふり構わず稼いでいたのだ。自分たちの悲願を叶えるため、すべての甲賀古士たちのため、延《ひ》いては水口藩のために。

しかし大井豊後守は、彼らに武士の身分を与えるよう働くつもりなど、端から皆無《かいむ》だった。甲賀古士たちの悲願につけ込み、巧みな言葉で彼らを意のままにして甘い汁を吸い、ひたすら私腹を肥やしていたという訳だ。己の出世を買うためだった。江戸家老の笠原も、そのおこぼれに与《あずか》ることしか考えていなかったという訳だった。

長崎から取り寄せたターフル台（テーブル）の上には、蠟燭が幾本も立った燭《しょく》台《だい》が飾られ、二人は肘《ひじ》付きの椅子《いす》にゆったりと腰掛けている。ギヤマンの皿にたっぷりと盛られた野苺《のいちご》を指で摘まみ、大井豊後守は下卑た笑みを浮かべた。

「ふん、お藤の奴め、莫迦《ばか》なことをしおって。おとなしく、わしに飼われていればよかったものを。さすればお藤だけでも生き延びさせてやったのにのう。不浄役人風情《ふぜい》に現《うつつ》を抜かしたりするから、あのような目に遭うのだ。まことに愚かな女だったわい。……まあ、あの躰は惜《お》しいことをしたがのう」

大井豊後守は赤紫色に熟れた野苺を頬張り、ゆっくりと嚙み締めた。すかさず笠原は、機嫌を取る。

「御前ならば、女など、よりどりみどりでございましょう。いくらでもお飼いになることが出来るではありませんか。お藤などよりもっとよい女を、私めが探して参りますよ。お好みを仰っていただけましたら、すぐにでも」

「ふふ、今度は十八ぐらいの、楚々《そそ》とした素人《しろうと》風のがよいのう」

「かしこまりました、必ずや見つけて参ります」

「頼もしいのう、笠原」

豪奢な部屋に、二人の笑い声が響く。大井豊後守はギヤマンの盃を傾け、蠟燭の炎をじっと見た。

「おぬしは本当に蠅退治《はえ》をしてくれるのう。あの、両国の金貸しもよく殺ってくれたわい」

「あんな雑魚《ざこ》など簡単なものでございます」

「雑魚のくせして、わしの倅を脅かしたりするからよ。寺社奉行の御嫡男《ごちゃくなん》が吉原《よしわら》通いに夢中になって、闇の金貸しに多額を借りて返すことが出来なくなったなんてことが御公儀に知れたら、どんなことになるのでしょうね、などとぬかして倅を強請《ゆす》ろうとしたのよ。ふふ、もはや御父上に助けてもらうしかないでしょう、とな。ふふ、莫迦というのはこれだから困るわい。わしたちに刃向かったりすればどのような目に遭うか、少し考えれば分かるだろうに」

「まったく、困ったものですな。御安心ください。うちの賭場に出入りしていた浪人者を金で雇って殺らせましたので。もし万が一その男が捕まったとしても、こちらに累《るい》は及びません。いくら言い訳しようと下手人はその男。御前と御子息に疑いがかかるなどありえません。浪人者に依頼した中間は、金をやって暇《いとま》を取らせ、もううちの屋敷にはおりませんし。なんの証拠もなく、実際に殺したのは浪人者。すべては浪人者の罪となり、おしまい、でございます」

「いや、見事であるな。金と引き換えに殺しを請け負うその浪人者がすべて悪いのだ、と」

「皆から恨まれている極悪非道の金貸しを斬ってほしい、と吹き込めば、浪人者は義憤を燃え立たせ、僅《わず》か三両で引き受けましたよ。ふふ、愚かな者、貧しい者を騙すのは、本当に容易《たやす》いものですな。……まあ、そういう訳で、こちらに火の粉はかからないでしょうから、浪人者が捕まってくれてもまったく構わないのですが、近いうちにこちらで片付けてしまいましょう。小蠅《こばえ》であっても、煩《わずら》わされるのは億劫《おっくう》でございますから」

「まことに頼もしいのう。そこで笠原、おぬしを見込んで相談があるのだ」

「はい、どういったことでございましょう」

笠原は大井豊後守が手にしたギヤマンの盃に、酒を注ぐ。

「うむ。水口藩主の加藤佐渡守明邦《あきくに》殿は、御年《おんとし》十七歳。いわば、お飾りの大名でいらっしゃって、お世継ぎもまだ生まれておられぬ。お躰も虚弱だと伺っておる。また、弟君も頼りないと聞く。つまりこのままでは、水口藩の行く末はなんとも不安ではないか。笠原、そこで、だ。わしの次男を、おぬしの長女の入《い》り婿《むこ》にして、どうだこの先、ひとつお家乗っ取りを謀《はか》るというのは」

「おお、それは願ってもいない」

笠原はギヤマンの徳利を手に、目を見開く。大井豊後守は盃に野苺を浮かべて酒を舐め、にやりと笑った。

「今の殿に、まだお子が生まれぬうちに、消えてもらうのよ。流行り病に罹った、ということにしてな。弟君にも、流行り病で亡くなってもらおうかのう。さすれば継ぐ者がいなくなり、お家は断絶、藩は取り潰しということになるが、それは是《ぜ》が非《ひ》でも避けたい。そこで、殿に相応《ふさわ》しい秀《ひい》でた者をといった時、江戸家老であるおぬしの婿、わしの次男が候補になるという算段よ。おぬしの義理の息子が殿になれば、今まで以上に、おぬしも好き放題出来るという訳じゃ」

「いやいや、なんという御名案。御前の御次男を私の養子にいただけますなど、光栄の至りにございます。つまりは御前と御親戚になれますとは、なんと心強い。御前、これからも何卒よろしくお願い申し上げます」

椅子から下りて、派手な毛氈《もうせん》に平伏《ひれふ》す笠原に、大井豊後守は高らかに笑う。

「もうよい、もうよい。笠原、こちらこそよろしく頼むぞ。なに、我々が組めば、これからもこの世を好きなように動かしていけるわい。見ておれ、わしは若年寄などでは終わらんぞ、次は老中、果ては大老まで昇り詰めてみせようぞ」

「いえいえ、御前ならば果てしなく、いつか上様まで」

二人の悪巧みは止《とど》まるところを知らない。大井家下屋敷に高笑いが響き渡った。

四

桂は暫く沈んでいた。そんな桂をどうにか慰めようと、木暮は、浅草は花川戸《はなかわど》町《まち》の料理屋〈お多福《たふく》〉に誘った。

二人は酒を注ぎ合い、盃を傾ける。二階の座敷からは、大川堤《おおかわづつみ》を彩る桜がよく見えた。夜桜の見物客たちを乗せた屋形船が、大川にいくつも浮かんでいる。船明かりが、桜をいっそう妖しく照らし出していた。木暮と桂は酒を呑みながら、夜桜に見惚《みと》れた。

「心が癒されるような景色だぜ」

窓の外に目をやりつつ、木暮と桂はやりきれぬ思いを抱いていた。

木暮は、巷《ちまた》を騒がせた一連の事件の黒幕として、大井豊後守と笠原将監、そして鳥海寺住職の名を、上役の田之倉に上申した。だが、どうやら有耶無耶《うやむや》にされたようだ。

――そちらの探索はもう打ち切ってよい。実際に動いたのが甲賀古士たちだというなら、その者らを速やかに捕縛すればよかっただけのことだ。

田之倉の一方的な通告に、木暮は言い返した。

――しかしながら、ある程度証拠を固めませんと、捕縛という訳には……。

――黙れ。捕まえさえすれば、証拠など後からどうにでもなる。

普段は早く証拠を固めろと口煩いくせに、田之倉は自分の身の危険を察知すると、忽ち意見を変えるのだ。まるで風見鶏《かざみどり》のように。

ぐっと堪《こら》える木暮に、田之倉は叱責を続けた。

――己たちの落ち度を、大井豊後守殿にまでなすりつけるというのか。そのような無礼が御老中様の耳にまで届いたら、お前たちはおろか、俺の首まで飛ぶではないか。……いいから、この件からは手を引け。あの両国の辻斬りの件な、あの下手人をしょっ引いてこい。

木暮は額に微かな汗を浮かべた。

――その辻斬りの件にも……もしや、大井豊後守殿の御嫡男が関わっているかもしれぬとの情報を、摑んでおります。

――なんと。

田之倉は木暮をじっと睨《ね》め、木暮の頬を軽く叩いた。

――金貸しならば、関わっている者などいくらでもいるだろう。恐らく御嫡男は、その中の一人だったというだけのことだ。お前が捕まえればいいのは、金貸しを斬った浪人者だ。ただそれだけのことだ、いいか、分かったか。

――はっ。

奥歯を食い縛る木暮に、田之倉は声を潜めて念を押した。

――いいか、木暮。よけいなことを言うな、するな、考えるな。悪いことは言わん、お前が少しは考えねばならぬのは、忖度《そんたく》というものだ。

大井豊後守が上の者たちに賂《まいない》を振り撒き始めていることは、明らかであった。

事件の真相を摑んだというのに、権力者相手にどうすることも出来ないのかと、木暮と桂は虚しかった。今宵は、そのやり切れない虚しさを、旨い料理と酒と、夜桜の眺めで、埋めるつもりなのだ。

まずは、〝細魚《さより》の刺身〟が出される。名のとおり細く薄い魚は、糸造りにすると最も映《は》える。透きとおる身は、なんとも上品で清らかだ。それを箸で摘まんで頬張ると、口の中にみずみずしさが広がっていく。

「こういうものを食うと、なんだか躰の中が浄化されるようだな」

「添えてある糸切大根と一緒に食べると、いっそう爽やかな味わいになります」

桂と木暮は目を細める。そのまま食べてもじゅうぶんな美味しさだが、山葵《わさび》を溶いた醤油にちょっとつけて食べてもますます旨い。夜桜の眺めに、細魚の糸造りはよく似合った。

「酒が進みますね」

桂はかなり飛ばして呑んでいる。このところ沈んでいた桂だが、よく食べよく呑むので、木暮は安心した。

次に運ばれてきたのは〝ぜんまいと油揚げの煮物〟だった。

「毎年、ぜんまいを食うと、新しい季節がやってきたと思うな。そろそろ暖かくなってくるのだと」

「新鮮な味わいのぜんまいに、油揚げのコクのある旨みが絡んで、いくらでもいけますね。人参も入って、彩りもよいです」

「唐辛子かけても旨えよな」

木暮に倣《なら》って桂も唐辛子を振り、ぜんまいの煮物を一口食べては、酒を啜る。

木暮は黙って、桂を眺めていた。

次に届いた料理は〝蕪《かぶ》のシラス載せ〟だった。

「おおっ、これはまた綺麗だな」

木暮は目尻を垂らす。醬油と胡麻《ごま》油を混ぜたタレがかかってはいるが、蕪とシラスの真白な組み合わせは、季節外れの雪のようで美しかった。

頬張ると、蕪のみずみずしい甘みと、シラスの優しい旨みが合わさって、口に広がる。

「白胡麻が利いてるな。清らかな味に芳ばしさが加わって、堪らん」

「このタレがさりげなく濃厚で、いいですね。蕪とシラスのあっさりした味を、引き立たせてくれます」

「……こういう料理は本当に酒が進むよな。でもよ、桂、ちょっと呑むのが早くねえか」

木暮はさすがに少し心配になる。桂は手酌でぐいぐいと呑み、既に徳利五本を空にしていた。

「ああ……どの料理も旨過ぎて、うっかり呑んでしまいます。今宵はなにやら呑みたい気分なんですよ。眺めもいいですしね」

桂は大川堤に広がる桜に目をやり、また酒を啜る。桂はいつものように背筋を正したまま、些《いささ》かも乱れていないが、顔は少し青褪《あおざ》めていた。

木暮が止めるのも聞かずに桂は酒を呑み続け、〝鶉《うずら》の卵の串刺し〟と〝鶉の焼鳥〟が運ばれてくる頃には、さすがにぐらぐらと揺れ始めた。

「おい、大丈夫か」

「平気、平気ですって。おっ、小さな卵が串に刺さって、食べやすい。タレが染みた卵のこの色がまた、いいですねえ。この焼鳥も、軟らかくて芳ばしくて、堪らない。こんなに旨いものが食えるなんて、木暮さん、私は幸せですよ」

桂は料理を貪《むさぼ》り、酒を呷《あお》る。空元気だということが、木暮にも分かる。木暮は黙って、焼鳥を齧った。

桂は一人ではしゃいでいたが、そのうちおとなしくなり、いつしか二人は無言で酒を呑んでいた。大川に浮かぶ屋形船が一艘《そう》去り、また一艘去り、灯りが薄らいでいく。

暗い夜が広がっていくのを木暮が感じていると、桂がぽつりと言った。

「木暮さん、私は悔しいんですよ」

木暮は桂を真っすぐに見る。桂は端整《たんせい》な顔を歪め、激しい口調で思いをぶちまけた。

「どうしていつの世も、強い者ばかり肥え太り、弱い者は涙を呑まなければならないのでしょう。それっておかしいじゃありませんか。……悲しいじゃありませんか」

桂の目から涙が溢《あふ》れた。桂の涙を見るのは、初めてだった。

木暮は桂に徳利を傾けた。

「今宵は呑もう。いつまでだって付き合うぜ」

桂は涙を腕で拭い、盃を差し出す。

屋形船の姿が消えて大川が静まり、桜が見えなくなっても、男二人で呑み続けた。

明け方近くになって、木暮はぐでんぐでんに酔い潰れた桂を担いで、帰った。

桂に肩を貸してやりながら、白みかけた空に目をやり、息をつく。

こんなに酷い酔い方をした桂を見るのも、木暮は初めてだった。

第五章　夜明け

一

虎王丸と長作から話を聞き、幽斎はついに立ち上がることにした。大井豊後守たちのあまりにも酷《むご》い遣り方に、怒りが頂点に達したのだ。

甲賀古士たちが修験者などに化けて仕出かしたことには立腹したが、幽斎には彼らの無念も分かるのだった。

——寺社奉行と水口藩江戸家老が相手では、町方のお役人では捕らえるのは難しいだろう。しかも大井豊後は悪知恵が働く男だ。既に方々《ほうぼう》に手を回して、上役たちを巧く丸め込んでいると思われる。木暮殿たちが上申したところで、有耶《うや》無耶《むや》にされてしまうに違いない。……ならば、我々が叩き潰すしかない——

幽斎は心を決め、お滝たちに〈邑幽庵〉へ来るよう告げた。

彼らを待つ間、幽斎は小さな茶室で、お茶を点《た》てていた。もともと茶道具屋だった仕舞屋《しもたや》を借り受け、〈邑幽庵〉を始めたのだ。老舗《しにせ》の茶道具屋だったのでなかなかの広さで、部屋もいくつかある。炉が切られたこの四畳半の茶室にいる時、幽斎の心はとても落ち着くのだった。

床《とこ》の間《ま》に飾ってある椿の花は、お滝が生けたものだ。凛《りん》と咲く、真紅の椿だった。

あれは、昨年の秋のことだ。金木犀《きんもくせい》が馨《かお》る中、幽斎はお滝を見つめて言った。

——いつも支えてくれて、ありがとうございます。

——こちらこそ、お手伝いさせていただけて、光栄です。

——危ない目に遭わせてしまい申し訳ありません。でも、それに懲《こ》りずに、これからもよろしくお願いいたします。

——はい。お力添えさせていただきます。

——世直しの仕事の時だけでなく、もっと気さくにお付き合い出来たらと思います。仲間の意識を高めるためにも。

幽斎は穏やかな笑みを浮かべている。お滝は目を瞬《しばた》かせ、躊躇《ためら》いつつ答えた。

——嬉しいお言葉ですが……私のような者が、貴方様の周りをうろうろしていては、御迷惑がかかるのではないでしょうか。

——そんなことはありません。どうしてそのように思うのです。

お滝は苦々しく笑った。

——だって、私は所詮《しょせん》、莫連女《ばくれんおんな》ですもの。ご存じでしょう。私の背中には刺青《いれずみ》が入っているんですよ。紋々背負った女が、貴方様のような方と親しくさせていただいてよいものか……。

——おや、見くびってくれては困ります。私には、目に見えないものが視《み》えるのですよ。背中の刺青など、目に見えるものではありませんか。そんなものはたいしたことではないのです。……私には視えるのですから、貴女《あなた》の真の姿が。

お滝は言葉に詰まり、空を見た。優しい笑みを浮かべている幽斎に、お滝は掠《かす》れる声で言った。

——私は、盗賊だった男の娘なんですよ。

——盗賊といえども義の心をお持ちになり、立派な行いをなさったではありませんか。……私からすれば、お滝さんが羨ましいですよ。ちゃんと親御さんに育ててもらえたのですから。私は捨て子だったから、親の顔すらもまったく知らないのです。

お滝は幽斎を真っすぐに見た。秋風に髪をさらさらと靡《なび》かせながら話す幽斎は、柄にもなく饒舌《じょうぜつ》だった。お滝に、自分のことを知ってほしかったからだ。

——小さな稲荷に捨てられていた私を拾って育ててくれたのは、鍛冶屋《かじや》の夫婦でした。その夫婦には男女一人ずつ子供がいたのですが、なかなか繁盛していた店でしたので、私のことを後に手代として使おうと思い、拾ったのでしょう。養父母はそれほど悪い人たちではなかったのですが、その子供たちがなんとも意地悪でしてね。自分が捨て子だったことを知らされたのも、口さがない彼らからでした。二人とも親の前ではいい子なのですが、陰では五つほど年下の私を散々いびってくれましたよ。

——……陰湿ですね。

お滝は唇を噛《か》んだ。幽斎は苦い笑みを浮かべた。

——まあ、よくある話なのかもしれませんが。義兄と義姉にことあるごとに捨て子、捨て子、と言われて、六つぐらいの時に、私は夜歩き病（夢遊病）を発症してしまったのです。

——酷《ひど》いわ。

——その夜歩き病が発端《ほったん》となって、私の躰は弱くなってしまったのです。よく熱を出して寝込んでいました。子供心ながら養父母に申し訳なくてね。養父母もその頃から、私の顔を見ると溜息をつくようになったのです。こんな子なら拾わなければよかった。そう思っていたのでしょう。……そういう気持ちって、微妙に分かるのですよ、子供にも。

お滝は黙って幽斎の話に耳を傾けた。

——寺子屋に通うようになると、私はさらに辛《つら》くなりました。義兄と義姉が喋《しゃべ》ったのでしょう、寺子たちからも捨て子だ捨て子だとからかわれたのです。私も小さかったから、集団で攻撃されると怖くてね。そのうち罵《ののし》りはいっそう酷くなりました。お前は人間の子ではない、人間と妖怪の間に出来た子供だ、などと言われるようになりました。気持ち悪いと罵られながら石をぶつけられて、血だらけになったこともありましたよ。虐《いじ》められると、近くにある寺に、よく逃げ込んでいました。

お滝は潤む目で、幽斎の横顔を見つめた。人気占い師の幽斎にそのような来《こ》し方《かた》があったとは、今の今まで少しも気づかなかったのだろう。お滝は動揺していたが、幽斎の話しぶりは淡々《たんたん》としていた。

——多分……私はどこか普通の子供と違っていたのかもしれません。病弱でしたし、その頃から既に目の色も少し緑がかっていましたから。皆と元気に遊び回ることもなく、書物を読んで空想に耽《ふけ》るほうが好きでした。気弱だったので、酷いことを言われても言い返すことが出来ず、ひたすら耐え忍んでね。でも心の中では、必死で言い返していたのです。私は人の子だ、妖怪の子などではない、と。葛藤《かっとう》を抱えながら、私は相当傷ついていたのでしょう。ある時、凄《すご》い熱を出して寝込んでしまったのです。三日ほど眠り込んでいたそうです。

——三日の間も……。

——ええ。意識が戻ると、私は病床《びょうしょう》で天井をじっと見つめながら、思いました。皆が言うように、私の親は人ではないのかもしれない。人でなしの子、そうだ、私は妖怪の子なんだ、と。……心の中でずっと、激しく否定していた中傷を、どうしてかその時、受け入れてしまったのです。まるで、自分が人の子であることを、諦めたかのように。その時からなのです。私に不思議な力が宿るようになったのは。

お滝は目を見開いた。金木犀の甘やかな薫りがいっそう漂った。

——占術や呪術のお力ですか。今のお仕事に通じる。

——そうです。人間の子であることを諦めた時、つまりは自分が異形《いぎょう》の者であることを認めた時、どうしてか私はその力を持ったのです。人の本当の姿や本心、来し方や行く末などが視えるようになりました。地震や雷の予知、延《ひ》いては政《まつりごと》の動きまで予想出来るようになりました。でも、色々なものが視えてしまうというのは、これまたしんどいものがありましてね。寺子屋をやめさせられて店でこき使われるようになった十歳の時、私をいびっていた義理の兄姉、そして養父母の本心を察し、私は養家を逃げ出したのです。

——まだ小さかったのに……。

——ええ。耐えられなかったのです、あの暮らしに。養父母は私をすっかり疎んじていた。限界だったのですよ。私は、近くの寺の和尚《おしょう》様に頼み込んで、そこに置いてもらうことにしたのです。

——和尚様は御理解ある方だったのですね。

——はい、ありがたいことに。私はそこで寺小姓として修行しながら、和尚様に多くの教えを請《こ》い、読書に明け暮れました。剣術を教わり、躰も丈夫になっていきました。すると……心が落ち着いたからでしょうか、私の異能も抑制が利くようになったのです。それまでは、知りたくなくても視えていた他人の本心が、視ようとしなければ視えなくなったのです。それで私は異能を持て余すこともなくなりました。いざという時に発揮出来るようになったのです。

——思い切って逃げてしまわれて、正解だったのですね。

幽斎は笑顔で頷《うなず》いた。

――そう思っております。……その寺は檀家《だんか》を持っていましたので、和尚様に悩みを打ち明けに来られる方も多くいらっしゃいました。皆様のお話を耳に挟みながら、私は生死について考えるようになりました。この世とあの世の繋がりというものを。

私は思い悩みました。妖怪の子であるかもしれない私でも、極楽浄土に行けるのだろうかと。否、そんな私だからこそ、この世で愚かなことをしてはいけないのだ、他人様《ひとさま》を傷つけるような真似はしていけないのだと、心に誓いました。

そして私は、いつしかおこがましくも、悩みを持つ人たちの支えになりたいと考えるようになっていたのです。私がどん底にいた時に天から授けていただいた異能を用いて、少しでもその悩みを和らげて差し上げたい、幸せにして差し上げたい。

――今のお仕事に繋げられたのですね。

――はい。そのまま寺にいることも考えたのですが、会う人はどうしても限られます。若かったこともあって、私はもっと広い世を見たかった。その頃は私も、心身ともにだいぶ健やかになっていましたからね。それゆえ、自分の考えを洗い浚《ざら》い和尚様にお話しして、寺を出るお許しをいただきました。十八歳の時です。それからは托鉢《たくはつ》や廻り祈禱《きとう》をしながら金子を貯め、独学で占術などを猛勉強して今に至るという訳です。……なにやら喋り過ぎました。自分の来し方を他人様にこんなに話すなど稀《まれ》、といいますか初めてのような気がいたします。

幽斎がおどけたように眉を掻くと、お滝はようやく微笑みを見せた。幽斎は再び真顔になり、お滝を見つめた。

――それで……先ほどの話に戻ります。私はこのように、人の子かどうかも知れません。それでもよろしければ、お滝さんとこれからも親しくさせていただきたく思います。

お滝は幽斎の切れ長の目を、じっと見た。少し緑がかった目は切ないほどに澄んでいて、お滝の胸は震えただろう。

――……こんな私ですが、こちらこそ、今後ともどうぞよろしくお願いいたします。

お滝は深々と頭を下げた。金木犀の薫りの中で、二人は照れ臭そうに微笑み合った。

それからお滝は決して出しゃばることなく、幽斎を支え続けている。幽斎はそんなお滝に温もりを感じていた。

自ら点てたお茶で一服していると、お滝たちが訪れた。

行灯《あんどん》が灯る部屋で、幽斎は手下たちに告げた。

「今度はなかなかの強敵かもしれません」

お滝、虎王丸、長作は笑顔で答えた。

「元締めのためにならら命も惜しくありません。ついて参ります」

幽斎は姿勢を正し、三人に頭を下げた。

「よろしく頼みます。ところで今回……謝礼についてですが」

言葉を濁《にご》すと、お滝たちは笑った。

「今回は誰の頼みでもないので、なしということは分かっております」

「わっしたち、重々承知でお引き受けしましたんで」

「おいらたち、この仕事が好きで、趣味でやってるようなもんっすから。悪党をのさばらせておいては、世の中が駄目になっちまいますもん」

幽斎は再び、深々と頭を下げた。

「本当にありがたいです。今回は大仕事になりそうだというのに、こういう時に限って……申し訳ありません。そもそも、私が町方側の事件に首を突っ込んでしまったがために、このようなことに……深く反省しております」

「もういいですよ、元締め。坊やが言ったように、私たち、好きでお手伝いさせていただいているのですから。悪党を追い詰めるのって、爽快ですもの」

お滝の言葉に、虎王丸は大きく頷く。

「今回も悪党退治で一暴れしてやりますぜ。なに、謝礼などちっともいりません。無事、悪党退治が出来ましたら、軍鶏鍋《しゃもなべ》でも御馳走《ごちそう》していただけたら、それでわっしはもう何でもいたしやす」

「兄い、どさくさに紛れて、なに厚かましいこと言ってんだよ」

調子に乗る虎王丸に長作が突っ込みを入れ、笑いが起きる。いつも明るく逞《たくま》しい手下たちを、幽斎は頼もしげに見つめていた。

ちなみに幽斎は基本、誰に頼まれようと、仕置きの依頼料は受け取らないようにしている。だがそれでは気が済まないと、ほとんどの者は謝礼金をしっかり置いていく。一朱の時もあれば、何十両という時もあるが、幽斎は十分の一だけ自分が受け取り、残りは三等分してお滝たちに渡していた。実際に身を挺《てい》して悪党どもと戦ってくれるのは、彼らだからだ。

幽斎が裏稼業である〝世直し業〟を始めたのは、一昨年《おととし》の末頃だ。本業の占い処に、疲れ切った顔の夫婦が訪れ、悩みを打ち明けられたのがきっかけだった。

私塾を開いていた息子が、同じく私塾を開いている師匠たちに酷い嫌がらせをされ、あらぬ噂を流され妨害を受けた。ついには私塾を閉鎖しなければならなくなるほど追い込まれたという。いびり抜かれた彼は、心を病み、自害するに至ってしまった。

その母親は涙ながらに、幽斎に訴えた。

——どうにかして仇《かたき》を討ちたいのです。大切に育てた、心の優しい、いい息子だったのです。それなのに、その優しさに付け込まれ、虐められてしまいました。あの子が、私たちより先に逝《い》ってしまうなんて……。このままでは、私たちは死んでも死にきれません。お願いです、息子を追い詰めた者たちを、呪い殺してください。

その父親も幽斎にすがりついた。

——奉行所に訴え出ても、追い返されてしまうのです。息子を追い詰めた者たちの親には権力者が多くて、有耶無耶にされ、逆に私たちは脅かされたのです。あまり煩いことを言うと、お前たちも追い詰められるかもしれないぞ、と。……

こうなっては、もう、御祈禱におすがりするしかありません。先生のお噂はかねがね伺っておりました。たいへんなお力をお持ちであることを。私たちにお力を貸してください。御金は、いくらでも払います。息子を追い詰めた卑怯《ひきょう》な奴らに、呪いをかけてください。

夫婦の切羽詰まった様子に、幽斎は只ならぬものを感じ、眉根を寄せた。詳しく話を聞いてみると、その息子が受けた嫌がらせは、まさに耳を塞ぎたくなるような、えげつないものだった。

――人を教え導く立場にいる者が、なにゆえ人としてあるまじき悪行を平気で為《な》せるのか。私塾でいったい何を教えているというのだろう。

だが……思えば、幽斎も寺子屋に通っていた頃、師匠に虐めを見て見ぬふりされていたのだった。それどころか、師匠まで一緒になって幽斎をからかった。

幽斎の胸は痛んだ。自害した子に、子供の頃の自分を重ね合わせたのだ。自分がかつてそうであったからこそ幽斎は、弱い者の気持ちが、身に沁みるように分かるのだった。

――お話は分かりました。出来る限りお力になりたいと思います。ただ、呪い殺すというのはよくありません。人に呪いをかけると、自分に返ってきてしまうことがあるのです。だから、その者たちが、いつか自分の行いの過ちに気づき、反省するよう祈禱するだけに留めたいと思います」

思いもよらぬ幽斎の提案に、夫婦は暫し考えた後、頷いた。そして幽斎は、夫婦の前で額に汗を滲ませ、熱心に大幣《おおぬさ》を振って祈禱を行った。

夫婦が帰った後も、幽斎は胸の痛みを引きずっていた。口ではあのように宥《なだ》めたが、夫婦の恨みも、幽斎にはよく分かったからだ。

深く考えた後、幽斎は決心した。公《おおやけ》に捕まえることが出来ない者ならば、代わって懲らしめてやってもよいのではないかと。

幽斎は、人を傷つけることを好まない。だが、罪もない者をいたぶり、死ぬまで追い詰める者など、人ではないと幽斎は思う。彼らは、人でなしであり、化け物なのだ。ならば退治してやろうと、幽斎は考えた。

——妖怪かもしれぬ私が、化け物を退治するのだ。ならばそこに傷つく〝人〟はいない。やってやろうではないか。

幽斎の心に、熱いものが迸《ほとばし》った。

色々調べて裏を取った幽斎は、お滝たち仲間を集め、仕置きにかかった。非道な師匠たちを殴り蹴り、縛り上げ、寒空の下、裸で放り出した。彼らの股間《こかん》に、貼り紙を残した。

《私たちは仲間の師匠を虐め抜いて自害に追い込んだ、他人様に物を教える資格などない人間の屑《くず》です。どうぞ石をぶつけてやってください》

それが、世直し業の始まりだった。

世直し人の噂は忽ち《たちま》広まり、瓦版にも書き立てられた。非道な師匠たちの私塾はすべて閉鎖に追い込まれた。派手に懲らしめられたので、みっともなくて、彼らは暫く往来を歩くことも出来なくなったという。

数日後、息子を喪《うしな》った夫婦が、再び幽斎のもとを訪れた。夫婦は多くを語らず、謝礼を差し出した。幽斎はやんわりと押し返した。

――先日、祈禱代はいただいております。

だが夫婦は、頑として引かなかった。

――分かっております。先生のお力のおかげで、息子の仇を討つことが出来ました。あの子もきっと、喜んでおりますでしょう。どうぞお受け取りください。お受け取りくださらなければ、私どもの気が済みません。

涙ぐむ夫婦の気持ちを慮《おもんぱか》り、幽斎は丁寧に一礼をして受け取ったのだ。

夜も更け、幽斎たちは酒を呑みながら、仕置きの計画を話し合った。端女《はしため》のお粂は帰ってしまっているので、つまみはお滝が作った。

「お台所にあるものを勝手に使わせてもらいました。すみません」

お滝が出した〝芹《せり》と椎茸の煮びたし〟と〝タラの芽の胡麻和え〟は、すこぶる好評だった。

「旨い。さっぱりとした味付けが、芹と椎茸にしっかりと滲んで、本当に旨い。芹のしゃきしゃきした歯応えと、椎茸の軟らかな歯応えが相俟《あいま》って、いくらでも食えますわ」

虎王丸は頰を紅潮させ、夢中で頰張る。憧れのお滝の手料理を味わえて、真に嬉しいようだ。

「姐《ねえ》さん、意外に料理上手なんすね。タラの芽の胡麻和えも、凄《すげ》えいい味っすよ。白胡麻が利いてて、タラの芽も硬過ぎず軟らか過ぎず、ちょうどいい茹《ゆ》で加減で。ホントに旨えわ」

「おい、坊。意外に、ってのは、姐さんに失礼じゃねえか」

虎王丸が長作を睨む。お滝は苦笑いを浮かべた。

「いいわよ、実際、そう見えるんでしょうから。これでも、お料理は結構好きなのだけれど」

「白胡麻を丁寧に擂《す》ってくれているので、とても味わい深い。私は擂り胡麻が好きなので、ありがたいです」

幽斎の箸も止まらぬ。お滝は照れ臭そうだ。

「……私こそ嬉しいです。皆に食べてもらえて」

「いや、まさに絶品ですわ、姐さんの料理は」

「これからも時々作ってほしいっす」

はしゃぐ虎王丸と長作の傍らで、幽斎は静かに微笑んでいる。お滝は男たちに甲斐甲斐《かいがい》しく酒を注いだ。

料理を味わいながら、皆で計画を練る。

「今回は、出来れば助太刀《すけだち》がほしいと思っているのです」

幽斎の意見に、お滝たちも同意する。

「そうですね。あと一人加わるだけでもいいと思います」

「ええ。私もそう思うのですが……その助太刀をどうやって見つけましょうか」

幽斎は腕を組み、考えを巡らせる。箸を舐めつつ、長作が口を出した。

「おいら、頼めそうな男を知ってますよ。なかなか腕っぷしの強い浪人者なんすが。ほら、兄い、高輪の下屋敷を見張っていて門番と乱闘になった時、助けてくれた男がいたじゃないっすか。近頃、両国の辺りをよくうろついてる、あの浪人者。あの男に頼めば、助太刀してくれると思うけど、どうっすかね」

「ああ、あの浪人者か。確かに強かったな。元締め、その者なら、両国でちょくちょく見かけますから、すぐに探し出せるかもしれません」

幽斎は訊ねた。

「その浪人者というのは、痩せていて、眼光鋭く、無精髭の生えている」

「はい、そうっす。三十五、六の男です」

「元締めもご存じですか」

幽斎は頷いた。

「心当たりがあります。恐らく、名は日下部兵庫。脱藩浪人のようです。なるほど、あの者なら頼めば請け負ってくれるかもしれません」

「では早速、私たちが見つけ出します」

お滝が背筋を正す。

「お願いします。私が話をつけるので、出来れば彼の住処《すみか》を突き止めていただけるとありがたいです」

「かしこまりました」

お滝たち三人は、力強く声を揃えた。

日下部兵庫は、浅草は元鳥越町《もととりごえまち》の長屋に向かって、夜道を歩いていた。黄金色《こがね》の半月が、煌々《こうこう》と照っている。

鳥越橋を渡ったところで、日下部は歩みを止めた。この辺りは蔵前《くらまえ》と呼ばれ、札差《ふださし》の店が建ち並んでいるが、四つ（午後十時）に近い今ではどこも店を終《しま》い、静まり返っていた。

日下部は後ろを振り向いた。橋のたもとの柳が揺れていたが、人影はない。日下部は再び前を向き、歩を進める。森田町《もりたちょう》のほうへ道をそれた時、日下部はもう一度振り返った。

しんと静まった闇に向かい、日下部は叫んだ。

「誰だ。尾《つ》けているのは」

何も答えがない。夜風が吹き、日下部は眼光鋭く身構える。

すると闇の中から、黒い羽織を纏《まと》った、髪の長い男が現れた。

幽斎である。日下部は目を見開いた。

「お、おぬし、いつぞやの……」

「その節は失礼いたしました。勝手に尾けたりしましたこと、お詫び申し上げます。実は……折り入って、日下部殿にお頼みしたいことがあるのですが」

日下部は目を瞬かせた。

近くの居酒屋で、二人は話をすることにした。

「ここは私が御馳走させていただきますので、なんでもお好きなものを召し上がってください」

「それはありがてえ」

日下部は舌舐めずりをして、熱燗と、〝揚げだし豆腐〟〝鮪《まぐろ》の山芋かけ〟〝山芋の磯辺焼《いそべや》き〟を注文する。料理が運ばれてきた。

「これ、これ。こういうのを摘まみながら呑むのが、一番旨えんだよなあ」

まずは山芋の磯辺焼きを一口で頬張り、日下部は満足げな笑みを浮かべる。山芋の皮を剝《む》いて適度な大きさに切り、海苔《のり》を巻いて、転がして焼きながら醬油と味醂《みりん》を絡ませた一品。これが、堪らなく酒に合う。七味唐辛子を振っても、また乙《おつ》である。

日下部は次に、鮪の山芋かけに箸をつけ、ずずっと啜りながら、幽斎を見て笑った。

「おぬしは鮪など食わぬだろう」

「いえ、大好物です」

幽斎は日下部に笑みを返し、〝葱鮪《ねぎま》〟を注文した。鮪を葱と煮たもので、この時代の居酒屋の代表的な料理である。鮪は安かったので、居酒屋の品書きには早くから加えられていた。鮪の刺身を出すところもあった。

食べながら、幽斎は日下部に、自分が世直し人の元締めであることを明かし、助太刀を頼みたいと正直に話した。

日下部は複雑そうな表情で話を聞き、溜息をついた。

「そんなことが裏であったのか。それであの女は殺《や》られちまったという訳か。気の毒にな。……しかし、酷《ひで》えことをするもんだ」

日下部は忌々《いまいま》しそうに顔を顰める。幽斎は静かに訊ねた。

「日下部殿を見込んで、お願いに参ったのです。我々にお力を貸していただけませんか」

「でもよ」

日下部は鋭い目で幽斎を見やった。

「俺がもし、誰かにおぬしのことを告げ口したら、おぬしは捕まるかもしれないよな。世直し人は、世間を騒がせているからな。おぬしはその危険を承知で、よく知りもしない俺に、無謀な計画を包み隠さず話したって訳かい」

「はい、仰るとおりです。……日下部殿、無謀かどうかは、やってみなければ分かりませんよ」

　幽斎は切れ長の緑がかった目で、日下部を見つめ返す。二人は眼差しをぶつけ合った。

「おぬしは、不思議な目をしているな」

「日下部殿も、よい眼差しをしていらっしゃいます。真っすぐで、澄んでいらっしゃる」

　日下部は幽斎から目を逸らさず、酒を啜った。

「おぬしは陰陽師《おんみようじ》だといったな。人の心が視えるのか」

「はい。……それゆえ、日下部殿が私の頼みをお引き受けくださるに違いないと、確信しているのです」

　日下部は思わず苦笑した。

「へえ、なるほどなあ。世の中には色んな奴がいるってことだ。よし、引き受けてもいいぜ。その代わり、報酬はもらうぜ。きっちりとな」

幽斎は微笑んだ。

「もちろん、そう仰るだろうと思っておりました。……五両では如何《いかが》でしょうか」

日下部は酒を一口啜って、よかろう、と頷いた。幽斎は訊ねた。

「気に懸かる点が一つだけあります。日下部殿が水口藩の下屋敷に行かれたのは、賭場が目当てだったのですよね」

「うむ。確かに俺はあそこの賭場に、月に一、二度通っていた。だがあの日は別の目的があったんだ。あの下屋敷にいる、ある中間に話があった」

「ほう、そうだったのですか」

幽斎は腕を組む。日下部はふと口を噤《つぐ》んだが、幽斎を眺めつつ、続けた。

「おぬしが正直に話してくれたから……俺も正直なことを話そう。おぬしが見抜いたように、俺は報酬をもらって、危ない仕事を引き受けている。だが、いかにがめつい俺でも、本当の悪人にしか手を下さない。納得いかぬ仕事は断ることもある。そこらへんは、おぬしたちと同じだ」

幽斎は黙って日下部の話を聞く。日下部は続けた。

「少し前のことだ。あそこの賭場で遊んでいると、中間から声をかけられた。中間は、ある者を痛めつけてくれと頼んできたんだ。話を聞くに、そいつは強欲で吝嗇《りんしょく》で、相当の嫌われ者のようだった。それで俺は三両で引き受けることにした。前金で二両もらい、後の一両は仕事が済んでからと約束した。俺は約束どおり仕事を果たし、残りの一両を受け取りにいった。しかしその中間は留守だという。出直してきてくれと門番に言われ、一度目は仕方なく帰った。あの日は、二度目の催促《さいそく》にいったんだ。でもやはり留守だと言われ、追い払われた。それでむかっ腹が立っていたところに、あの騒ぎになり、おぬしの仲間に加勢して憎々しい門番たちを伸《の》してやったという訳だ」

「そういうことだったのですか。では一両は未払いのままだと」

「まあな。だがもう催促にはいけねえな。あれだけやっちまったからな。賭場で遊ぶのも、もう無理だろう」

「……ところで、その中間に頼まれて日下部殿が痛めつけた相手は誰なのです」

幽斎が端的に訊ねると、日下部は口ごもった。押し黙ってしまった日下部を、幽斎はじっと見つめた。

「誰なのかは、仰りたくないと」

「うむ。……まあ、金貸しだ。闇の、高利貸しだよ」

幽斎は、気づいていた。日下部が殺った相手は恐らく、辻斬りと見なされた両国の小屋〈山背座〉の主人だ。隠していても、殺し屋は匂いで分かる。

幽斎は日下部を眺めながら、ふと、首を捻った。

——それにしても、なにやら妙な話だ。日下部殿は結局、騙られたということだろうが、水口藩の下屋敷にいた中間は、闇の金貸しとどう繋がっていたのだろう。自分が金を借りていたというのだろうか。それならば金に困っていて、前金で二両も渡せないのではなかろうか。ということは、依頼人は別にいて、中間を介して、日下部殿に話がいったことになる。では、その依頼人とは誰なのか——

幽斎は、闇の金貸し殺しに水口藩の中間が関わっていたことが、無性に気に懸かった。

——少し探りを入れてみよう——

幽斎が考えていると、酒がかなり廻った日下部が、つい漏らした。

「だがな……あの金貸しを痛めつけたのは、拙《まず》かったのかもしれん。報酬を踏み倒されただけでなく、この頃、なにやら妙なのだ。誰かに常に尾けられているような気配がある。夜中であろうと、長屋の周りを何者かがうろついているような気がして、眠れぬことがあるのだ」

幽斎は眉根を寄せる。日下部の住処を突き止めるために長作が尾けていったことはあるが、そこまで執拗《しつよう》なことは、自分たちはしていない。とするとほかの何者かの仕業《しわざ》ということになる。

「怪しい気配を感じるのは、金貸しを痛めつけた後からなのですね」

「うむ。そうだ。おぬしも鋭いが、俺だって鋭さは持ち合わせているつもりだ。……肌で感じるのだ、殺気というやつを」

日下部は酒をぐっと呑み干し、口元を手で拭って、野太い声で言った。

「五両、必ずくれ。絶対に逃げたりせぬから、前払いでくれ。誰にも秘密を漏らしたりもせぬ。約束は守る。金をくれさえすれば」

「かしこまりました。明日、私の住処兼占い処である、薬研堀の〈邑幽庵〉においでください。必ずお約束の五両をお渡しいたします」

幽斎ははっきりと答えた。

幽斎は早速、お滝たちに、殺された金貸しについて探らせた。すると、金貸しの客の中に、どうやら大井豊後守の嫡男である忠久《ただひさ》がいたことが判明した。

「結構、噂になっていますぜ。忠久は吉原好きの遊び人で、家督も継いでいないのに放蕩三昧《ほうとうざんまい》、多額の金を借りていたようです」

虎王丸から報せを受け、幽斎の顔は険しくなった。

——なるほど、大井豊後の息子の尻ぬぐいで、笠原が中間に頼んで、日下部殿に殺らせたということか。日下部殿が感じている殺気とは、用済みになった彼を、笠原の手下が狙っているものだろう。日下部殿はどうやら、大井豊後と笠原の別の悪巧みに巻き込まれてしまったようだな。顔が割れているだろうから、助太刀させるのは危険だろうか。……乗り込む時には、皆、頭巾などで顔を覆うことにしようとは思っていたが——

考えを巡らせ、幽斎は溜息をつく。

——とにかく、大井豊後たちを倒すことだ。奴らを倒して悪事を大々的に明るみに出せば、日下部殿も追われることはなくなるだろう——

翌日〈邑幽庵〉を訪ねてきた日下部に、幽斎は約束の五両を渡した。どうやら日下部は大井豊後守と笠原将監の奸計《かんけい》に堕《お》ちてしまったようだと聞くと、彼は目を伏せた。

「日下部殿には頭巾で顔を覆っていただきますが、もし敵に素姓《すじょう》がバレてしまったら、日下部殿を集中して狙って参りますでしょう。たいへん危険なことになります。日下部殿をそこまで危険な目に遭わせるのは、私としても避けたいところです。如何いたしますか」

日下部は、幽斎と手元の金を交互に見ながら、答えた。

「俺は薄汚くて意地汚ねえ浪人者だけど、一度やるって決めたことは、やるんだ。おぬしは、信頼出来る男だ。そのおぬしが、俺を見込んで声をかけてくれたんだ。約束どおり、助太刀させてもらうぜ」

五両を懐に仕舞い込み、日下部は不敵に笑った。

その後お滝たちもやってきて、皆で計画を練った。

大井豊後守と笠原将監は供の者も多く、やはり隙がない。彼らが甲賀者たちから毟り取った金は、既に大井豊後守の手元にあるだろう。そう踏んだ幽斎たちは、大井豊後守の屋敷へ乗り込むことを決めた。

屋敷を見張っていた虎王丸と長作によれば、高輪の大井家下屋敷には、笠原や鳥海寺住職の雲海もちょくちょく訪れ、酒盛りをしているらしい。

「あの下屋敷でしたら、なんとかなりそうですぜ」

「門番がいることはいるけど、倒して乗り込んじまいますよ。もし門がどうしても開かなかったら、塀をよじ登って忍び込みます」

虎王丸と長作の頼もしい言葉に、幽斎は励まされる。大井豊後守と笠原将監、そして雲海の三人は、毎月二十二日に必ず集まるという。お滝は呆れ顔で言った。

「どうやら先代の殿様の月命日のようです。それに乗じて集まり、呑めや歌えやの、どんちゃん騒ぎをするのだとか」

「いい気なものですな」

幽斎は苦い笑みを浮かべた。

「まあ、そのおかげで、決行の日が定まりました。私も参りましょう」

幽斎の申し出に、お滝たちは顔を見合わせる。彼らは目配せし、声を揃えた。

「元締めは、ここにいらしてください」

目を見開く幽斎に、お滝は願った。

「荒事は私たちに任せてくださって、元締めはその類《たぐい》まれなるお力で、祈禱をお続けください。それが何よりも頼もしいのです」

「姐さんの言うとおりです。皆、そう思っています」

お滝、虎王丸、長作の三人は皆、真剣な面持ちだ。黙って話を聞いていた日下部が、口を開いた。

「俺も同じ気持ちだ。聞くところによると、おぬし……いや、元締めの占術や祈禱は並外れているというからな。その能力を発揮してくれたほうがいい」

幽斎は胸を熱くさせながら、仲間たちを見る。手下の者たちのため、悪を倒すため、そして散っていった甲賀古士たちを弔《とむら》うために、全身全霊で祈禱することを、幽斎は誓った。


作戦が決まると、その後は酒宴となった。仲間の意識を強めるには、食事の場を持つのも大切だと幽斎は思っている。今宵お滝が作ったのは〝烏賊《いか》と絹《きぬ》さやの炒《いた》め物〟〝蚕豆《そらまめ》の塩茹で〟〝シラス入り卵焼き〟だった。

男四人、お滝の料理に舌鼓を打ちつつ、酒を酌み交わした。

「いやあ、この烏賊の炒め物、絶品だわ。お滝さんって料理が上手いんだねえ。店が出せるよ」

日下部が感嘆する。虎王丸は卵焼きを頰張りながら嬉々とする。

「姐さんが料理屋開いたら、客が押しかけますぜ。わっしも毎日通いまっす」

「兄い、鱈腹食って、ますますデカくなるんじゃねえの。姐さんの料理が旨過ぎて、酒が進んじまうから、おいらも肥《ふと》りそうっす」

「もう、皆、口が巧いんだから」

お滝は長作たちを軽く睨みつつも、嬉しそうだ。幽斎は微笑んだ。

「酒を呑み過ぎなければ、お滝さんが作る料理で肥るということはないでしょう。いずれも素材の味を生かしていて、味付けは薄く、躰によさそうなものばかりです」

お滝は照れ臭そうに肩を竦《すく》める。

「皆に元気で頑張ってほしいから……。芸人のお仕事をするにも、躰が第一ですし」

「姐さん……そこまでわっしらのことを考えていてくれるんですね」

虎王丸の目が潤む。

「いや、おいらも感動したっす。姐さん、婀娜《あだ》っぽいだけじゃなかったんすね。心は清らかな乙女なんすね、見かけによらず」

「てめえはいつも一言よけいなんだよ」

虎王丸が長作の額をぴしりと打つ。

「痛《いって》えなあ、兄い。兄いだって言ってたじゃねえか、姐さんのこと。意外にも尽くす女なのかもしれねえ吃驚《びっくり》した、って」

「てめえはまた、よけいなことを」

掴み合いになりそうな二人を、日下部は笑いながら止める。

「まあまあ、その姐さんが折角こんなに旨いものを作ってくれたんだから、仲よくやろうぜ。まあ、喧嘩するほど仲がいいとも言うけどな」

それもそうだと、虎王丸と長作はおとなしくなる。素直な二人に、日下部は目を細めた。

「いいよなあ、若いって。羨ましいぜ」

「長作は二十一だけど、わっしはもう二十五ですぜ」

虎王丸が日下部に酒を注ぐ。日下部は嬉しそうに呑み干した。

「いやいや、まだ若いって。俺みたいな三十半ばのおっちゃんから見ればさ。輝いてるぜ、二人とも」

今度は長作が酒を注ぐと、日下部は目を細めて啜った。

「なんだか嬉しいなあ。こうしてると、また別の家族が出来たみたいだ」

日下部のしみじみとした声が、〈邑幽庵〉に響く。お滝は微笑んだ。

「確かに家族みたいな感じはしますね。……この中で、御家族がいらっしゃるのは日下部様だけですよ。元締め、虎王丸、私は、二親ともうおらず、兄弟もなく、一人で生きております。長作は、仕事以外は二親とは離れて暮らす独り身です。そんな我々が集まれば、自《おの》ずと家族のような心持ちになりますね」

「そうなのかい。……お前さんたちは、明るいなあ。寂しさなんて微塵《みじん》も感じないぜ」

虎王丸が頭を掻いた。

「わっしら町人には、寂しいだの悲しいだの言ってる暇がないんで。前を向いていなきゃ、おまんまも食えなくなっちまいますから」

「一人で生きてる奴なんて、江戸にはいっぱいいるっす。でも、皆、明るいっすよ。旨いもん食って、旨い酒呑んで、機会があったらいい女抱いて、いい男に抱かれて、楽しくやってますって」

蚕豆を齧りながら、長作が笑う。日下部は頷いた。

「そうか……よいな、町人は。逞しいんだ」

「逞しくなければ生きていけませんもの。私も江戸へ来て気合を入れて生きていましたら、本当はお料理好きの乙女なのに、姐さんなんて呼ばれて恐れられるようになってしまいました」

お滝がおどけて言うと、皆、大きな笑い声を上げた。幽斎まで肩を震わせ、くっくっと笑う。お滝はそんな幽斎に、唇を尖らせた。

夜が更けるにつれて、一同は打ち解け、和んでいく。

「へえ、じゃあお前さんのお父っつあんは一座の座長か。親孝行してるなあ」

「親孝行とは思ってないっすよ。軽業が好きで、やってるだけっすから。お父っつあんは喜んでますけど。おいらが軽業芸を継いだという形になって」

「じゅうぶん親孝行してるぜ。お前さんたちの芸、今度観にいくよ。楽しみだ」

「観にきてくれたら、おいらたち皆、張り切っちまいますよ。嬉しいなあ、日下部さんと親しくなれて。おいら、兄弟いないから、兄さんが出来たみたいっす」

自分に酒を注ぐ長作を、日下部はじっと見つめる。

「兄さんか……俺が兄さんなら、お前さんは弟だ。そうか、弟か。いいな」

「やだなあ、兄さん。お前さんなんて言わずに、長作って呼んでくださいよ」

「わっしのことも、虎って呼んでください。わっしも兄さんって呼ばせてもらいますんで」

年下の二人に見つめられ、盃を持つ日下部の手が、なぜだか微かに震える。日下部は二人に向かって言った。

「長作、虎、これからもよろしくな」

「はい。こちらこそよろしく、兄さん」

日下部、虎王丸、長作は、肩を叩き合いながら酒を酌み交わす。そんな三人を、幽斎とお滝は微笑みながら眺めていた。

一方、木暮は木暮で怒りが収まらなかった。桂、忠吾、坪八とともに、川口《かわぐち》町《ちょう》の〈松浪屋《まつなみや》〉という料理屋で呑み食いしながら、どうにか悪党どもに一泡吹かせることは出来ないかと考えを巡らせた。

「田之倉の野郎、ふざけやがって。今に目に物見せてやるぜ」

怒り心頭に発しながら、木暮は〝蛸と菜の花の炊き込み御飯〟を掻っ込む。忠吾は目を丸くした。

「凄い食欲ですね、旦那。それで丼三杯目ですぜ」

「うむ。俺は腹が立つと、無性に腹が減るんだ」

炊き込み御飯は、蛸の旨みが滲んで、彩りよく味わい深い。一緒に炊き込んでいる昆布の佃煮《つくだに》が利いて、菜の花のほろ苦さが抑えられていた。

膳には〝蛸の衣揚《ころもあ》げ（唐揚げ）〟と〝蕪の漬物〟もついていて、木暮はかっかとしながら勢いよく食い尽くしていく。

「旦那、今に頭から湯気が立ちそうでんな」

坪八も驚いた顔で木暮を眺める。桂はお藤のことがまだ堪えているようで、一杯をようやく食べ終えたところだ。

「ああ、食った、食った」

炊き込み御飯を丼四杯平らげた木暮は膨れ上がったお腹をさすりながら、忠吾と坪八に確認した。

「それでよ。毎月二十二日に、大井家の下屋敷で、大井豊後と笠原と鳥海寺住職の三人が酒宴を開いているというのだな」

「へい。毎月必ずその日に集まるということは、はっきりしておりやす」

「うむ」

木暮は顎をさすって考えを巡らせる。

「取《と》り敢《あ》えず、鳥海寺住職の雲海、あいつだけでもどうにか捕えちまうか。あいつをしょっ引いて、吟味方与力の宇崎様へ回しちまおう。宇崎様の厳しい取り調べで、彼奴《きやつ》は必ずすべて吐くだろう。そうすれば、上の者たちも、さすがに目を瞑ってはいられなくなるだろうよ。田之倉みてえな薄ら莫迦を相手にしてたら駄目だ。無視していこうぜ」

桂は微かに眉根を寄せた。

「でも、どうやって捕らえるのです」

木暮はにやりと笑う。

「鱈腹食ったおかげで、いい案が浮かんだ。おい、お前ら耳を貸せ」

男四人は顔を寄せ合った。

二

弥生二十二日、木暮たちと幽斎たちは、それぞれ動きを見せようとしていた。

そのようなこととは露知《つゆし》らず、鳥海寺の住職である雲海は、日が暮れる前に寺を出た。今戸橋の辺りで猪牙舟《ちょきぶね》に乗り、品川沖に向かって大川をいく。品川沖まででは少し時間がかかるので、舟に揺られている間に、暗くなっていく。舟の上では、雲海は網代笠《あじろがさ》を外した。間もなく始まる酒宴を思い浮かべているのだろう、頻《しき》りににやけている。そんな雲海に、船頭が声をかけた。

「日中は暖かいですが、明け暮れはまだ幾分肌寒いでんな。伊丹《いたみ》の下り酒がありますが、どうですおひとつ。温まりますさかい」

船頭に差し出された徳利を、雲海は怪訝そうに見る。船頭は手を引っ込めた。

「あ、すみません。出過ぎたことをしてしまいましたわ。……わて、上方《かみがた》の出なんで、向こうにいる友が時々銘酒《めいしゅ》を送ってくれるんですわ。この酒、あんまり旨うおますさかい、おまけのつもりで振る舞っているんです。なかなか好評やから、お客様にも呑んでいただこかと思いまして。……お客様、お寺の方でおらはりますものね。御無礼、お許しください」

船頭は櫓《ろ》を漕《こ》ぎつつ、頭を下げる。雲海は腕を組んで黙っていた。

日はすっかり暮れ、闇が広がり始める。大川を行き交う船行灯の明かりが、水《み》面《な》に柔《も》らかく映える。雲海は船頭にぽつりと訊ねた。

「さっきの下り酒というのは、それほど旨いのか」

「へえ、それはもう。伊丹諸白《もろはく》ですさかい。江戸では丹醸《たんじよう》なんて呼ばれてはりますけど」

「なに、丹醸だと」

雲海は舌舐めずりをする。小柄な船頭は調子よく、例の徳利を差し出した。

「味見なさってみまっか。おつまみもありますさかい。畳鰯《たたみいわし》と鯣《するめ》ぐらいですが」

「それでじゅうぶんだ」

船頭はいったん舟を止め、雲海に酒を注ぎ、つまみを出した。下り酒を一息に呑み干し、雲海は満面に笑みを浮かべる。

「なるほど、これは旨い。芳醇《ほうじゅん》ながらも、すっきりとした味わいだ」

「着くまで、御自由にお楽しみください。この御時世、おまけでもつけまへんと、商売あがったりなんだすわ」

「ふふ、船頭もたいへんなんだな」

「へえ。お客様のような御仁とは訳が違いますわ。……あ、徳利を空けられましても、酒はまだありますさかい、お代わりお申しつけください」

「ほう、気が利いているのう。次もまた乗せてもらうぞ」

「へえ、どうぞ御贔屓《ごひいき》におたの申します」

小柄な船頭は、愛想《あいそ》よく何度も頭を下げる。味見のつもりが、いつの間にやら雲海は徳利を空にしていた。寺を訪れた魚屋が作った料理を食べて昏睡《こんすい》してしまったことがあったというのに、美酒への欲望で、すっかり忘れているようだ。畳鰯と鰯の塩気の利いた味わいが、酒をいっそう旨くさせる。つまみを噛み締め、酒を食らい、猪牙舟に揺られて、雲海の頭はぼんやりしてくる。それがまた心地よく、酒を啜るも……手が覚束なく、盃が滑り落ちる。

雲海の躰は、ゆっくりと崩れ落ちていった。


気づくと、雲海は布団に寝かされていた。目を擦りながら、周りを見回す。寺ではないがどこかで見たことのあるような部屋だ……などと思いつつ隣を見て、雲海は吃驚《びっくり》した。

素っ裸の女が寝ていたからだ。

「だ、誰だ」

目を丸くしていると、部屋に突然男が入ってきて、騒ぎ出した。

「あ、あんた、なんて酷いことを」

雲海は訳が分からず、茫然とする。だが、その男には見覚えがあった。混乱する頭の中で、ここは出合茶屋の〈花かずら〉で、男は茶屋の主人だと気づいた時、また別の男たちが乗り込んできた。

「どうした」

二人の同心と大柄な岡っ引きが現れ、雲海は思わずたじろぐ。同心は木暮と桂、岡っ引きは忠吾である。

茶屋の主人は雲海を指差し、喚《わめ》いた。

「この坊さんが悪いことを」

「おお、それはちょうどいいところに見廻りにきた。女犯《にょぼん》って訳だな。おい、ちょっと話を聞かせてもらうぜ、坊さん」

引っ張ろうとする木暮に、雲海は青褪めつつ抵抗した。

「寺社奉行の許しがなければ、町方が捕らえるなど無理だろう」

「寺社奉行の許可は下りている。これから取り締まりを厳しくするそうで、女犯を犯している坊主がいたら、どんどん捕まえるよう頼まれているんだ。寺社奉行の白川下野守殿からな。女犯の罪は、遠島そして晒しだぜ。覚悟しておけよ」

もちろん木暮の出鱈目《でたらめ》だが、雲海は震え上がった。

「ち、違う。何かの間違いだ。気づいたらここにいたんだ。……そうだ、あの猪牙舟の船頭の仕業だ。私は謀られたのだ」

「分かった、分かった。訳は奉行所で聞くぜ。裸の女が隣で寝てれば、言い逃れは出来ねえよなあ」

すると、女がむくりと身を起こし、頬を膨らませた。

「そうよ。しらばっくれんじゃないわよ。あたしの躰を思うがままにしておいて、そんな言い訳は通用しないわよ」

雲海は目を見開き、唇を震わせる。

「なっ、なんと」

「さあ、来てもらおうか」

木暮が手を引っ張るも、雲海は立ち上がろうとしない。

「う、嘘だ。出鱈目だ。私は女犯などしていない」

木暮はにやりと笑った。

「そうか。なるほど、お前は剃髪《ていはつ》しているが坊主ではないというのか。まさか医者か。お前は町医者なのか」

「そ、そうだ。医者だ、私は。だから女犯ではない」

「本当か。本当にお前は坊主ではなく、医者なんだな。間違いないな」

「本当だ。医者だ。間違いない」

全裸なのをいいことに、雲海は言い逃れをしようと必死になる。そこで木暮は、ますますにやりとした。

「そうか、お前は医者か。ならば姦通《かんつう》の咎《とが》で、しょっ引く」

雲海は仰天《ぎょうてん》した。木暮の隣で、出合茶屋の主人が叫んだ。

「お前の隣にいる女は、俺の女房だ。俺の女房だって知ってたんだろ、あんた。時々うちに女と一緒にしけこんでたから、女房の顔ぐらい見たことあっただろうよ。人の女房を寝取りやがって、この野郎」

雲海はすっかり言葉を失ってしまう。木暮が畳みかけた。

「お前、自分で医者と言ったものな、今。本当に医者だと断言したよな。……なあ、皆、こいつはそう言ったよな」

木暮が問いかけると、雲海以外の者は声を揃えた。

「はい、言いました。間違いありません」

木暮は有無を言わせぬ鋭い目で、雲海を見据《みす》えた。

「これだけ証言者がいるんだ。お前は間違いなく医者だ。町医者なら別に寺社奉行の許可がなくても、俺たちはしょっ引けるからな」

「ち、違う。私は……私は」

「奉行所でゆっくり話を聞かせてもらうぜ」

「ほら、さっさと立て」

忠吾が雲海の首根っこを摑んで、蹴飛ばしながら立ち上がらせる。桂が縄をかけ、木暮たちは雲海を取り押さえてしまった。

出合茶屋を出る時、木暮は主人に目配せした。

「力添え、ありがとよ」

「いえもう、旦那のためなら、私たちはなんでも。また何かございました折は、なんなりとお申しつけください」

主人と女房は揉み手で木暮に頭を下げる。覗きと違法営業の弱みを握られているので、木暮に頼まれ、力添えをせざるを得なかったのだ。

「おう、そん時はよろしくな」

木暮は笑顔で主人の肩を叩き、縄にかけた雲海を連れ、桂と忠吾とともに意気揚々と奉行所へ戻っていった。


そして幽斎たちもまた、策を実行に移していた。〈邑幽庵〉に残った幽斎は、烏帽子《えぼし》を被り狩衣《かりぎぬ》を纏って祈禱を続けた。お滝ら四人は、大井家下屋敷がある高輪へと向かった。

お滝たちは車町《くるまちよう》の辺りで猪牙舟を降り、夕暮れを待った。陽が傾いてくると速やかに下屋敷のほうへと移動し、草むらの中で着物を脱ぎ棄《す》て黒装束姿になる。黒い頭巾を被って闇に溶け込み、息を潜めた。

今宵は三日月《みかづき》だった。細く鋭い月の光は弱く、闇はいっそう深い。どこからか虫の音が微かに聞こえてきた。闇の中で、八つの目が光っていた。

近くの寺から、五つ（午後八時）を告げる鐘の音が聞こえた時、水口藩下屋敷がある方角から駕籠が運ばれてきた。中に乗っているのは笠原将監であると思われた。

鳥海寺住職の雲海の到着を待ったが、四半刻《しはんとき》（およそ三十分）ほど経っても現れないので、乗り込むことにした。虎王丸、長作、日下部が草むらから飛び出し、下屋敷へ向かって駆けていく。突然闇から現れた黒装束の者たちに、二人の門番は唖然とした。

「な、何者だ、貴様らは」

門番が槍を向けるよりも早く、長作が鮮やかに飛び上がり、長い脚で顎《あご》を蹴り上げる。門番は槍を落とし、忽ち伸びてしまった。

「ひいいっ」

もう一人の門番は、悲鳴を上げて門の中へ逃げようとする。急いで門を閉めようとするのを、虎王丸がすんでのところで押し返して阻止した。

「ぐおおおっ」

虎王丸が満身の力を籠めると、門はぎしぎしと軋みながら開き、門番は弾き飛ばされて転がった。

三人は下屋敷の庭へと雪崩れ込む。

「何事だ」

異変を感じて庭に駆けつけた二人の侍は、虎王丸たちを見て目を丸くした。

「な、なんだ、お前らは」

侍は揃って脇差を抜く。すかさず日下部は刀に手をかけ、鯉口を切った。

日下部は八相に構えると、声を上げて、二人に立ち向かっていった。

目にも留まらぬ速さで一人の腕を峰打ちにし、脇差を落とさせ、遠くへ蹴り飛ばす。すると虎王丸が走っていって、脇差を素手で摑んで真っ二つに折ってしまう。

もう一人の侍は一瞬怯んだが、脇差を振りかざして日下部に挑む。二人は刃をぶつけ合い、鍔迫り合いで睨み合った。

力をかけてくる侍を押し返し、互いの刀が離れたところで、日下部は相手の脇差の峰を叩き打つ。すると、相手の脇差は忽ち折れてしまった。

「うわあっ」

驚く侍に後ろから蹴りを入れたのは、長作だ。侍は目を回して倒れた。

そこへお滝も合流して、四人で屋敷に上がり込み、広い廊下を突き進む。

「な、なんだ、貴様らは」

侍たちが脇差を抜いてかかってきても、日下部は強烈な峰打ちであっさり得物を落とさせた。虎王丸が張り手をかまし、長作は鳩尾《みぞおち》を蹴飛ばして気絶させ、お滝は脇差を踏みつけてへし折る。四人がひたすら突き進む先々で、悲鳴が湧き起こった。

その時、大井豊後守と笠原将監は、南蛮渡来の調度品が置かれた奥の部屋で、呑気に御禁制《へんぽんがん》の珍蛇《チンタ》（赤ワイン）を味わっていた。つまみは、珍蛇で煮込んだ分厚い反本丸だ。反本丸とは、薬用の牛肉のことである。

「彦根《ひこね》藩から密かに取り寄せたのだ。本来、彦根藩が献上する将軍家しか食べられぬものよ。やはり旨いのう」

「珍蛇で煮込みますからか、これほど分厚いのに、とろりと、まことに軟らかいですな。金さえあれば、このように美味なるものを、いくらでも手に入れることが出来るのですなあ」

「まさに血の滴《したた》るような肉だわい」

大井豊後守は唇を牛脂で濡らして、にやりと笑う。

「旨さの極みでございます。雲海も早く参ればよいのに、いったい何をしているのでしょう。反本丸が待っているといいますのに」

「ふふ。あいつのことじゃ、どこぞで女を調達しているのかもしれんぞ」

「それならば……許しましょうか」

二人は忍び笑う。

この奥の部屋は二十畳以上の広さで、離れのような造りになっており、普段はよけいな物音は聞こえてこない。それゆえ密談をしたり、酒宴を愉しむには最適である。

しかし……今宵は何か様子がおかしいと、大井豊後守がさすがに気づいた。耳を澄まし、首を傾げる。

「なにやら騒がしくないか」

「そういえば……侍たちが叫んでいるような」

笠原も襖のほうに目をやる。

騒々しい声が段々と近づいてきて、二人の顔が強張った。

「何事でございましょう」

燭台に立てられた蠟燭の明かりの中で、二人は顔を見合わせた。

すると激しい物音とともに怒鳴り声が響いてきて、大井豊後守たちは思わず立ち上がった。

「どこにいやがるんだ」

「出てきやがれ」

大井豊後守と笠原将監が刀を手にしたところで、ついに襖がぶち破られた。

頭巾を被った黒装束の者たちを見て、大井豊後守と笠原は目を丸くした。

大男、細長い男、痩身だが屈強そうな男、そして女。四人の闇の者たちは、頭巾から覗く鋭い目で、大井豊後守らを睨みつけた。

虎王丸が、射貫《いぬ》くような声を張り上げた。

「てめえらを懲らしめにきたぜ。この悪党どもめ」

「てめえらがやったこと、白日《はくじつ》のもとに晒け出してやるわ。覚悟しやがれ」

長作が怒鳴ると、大井豊後守たちは露骨に顔を顰めた。

「なんだこの雑魚《ざこ》どもは。……おぬしら、頭がおかしいのか」

大井豊後守は声を絞り出すと、笠原将監とともに刀を構えた。対する日下部も刀を抜き、八相に構える。

った。日下部は叫び声を上げて真正面から向かっていき、大井豊後守と刀をぶつけ合った。日下部の凄まじい力に、大井豊後守の額に汗が滲む。

すると笠原将監が、後ろから日下部に斬りかかろうとした。日下部は大井豊後守を押し返し、振り向きざま、勢いよく笠原の腕を斬りつける。

「ぎゃああっ」

呻き声を上げ、笠原が刀を落とす。笠原は腕から血を流しながら、充血した目で日下部を睨んだ。

「おのれ……このままで済むと思うなよ」

日下部は、笠原が落とした刀を拾い上げ、左手に持って構えた。

「二刀流で相手してやるぜ。どこからでもかかってこい」

二本の刀を突き付けられた大井豊後守は青褪め、唇を歪ませる。腕を押さえて蹲った笠原を、虎王丸と長作が捕らえようとした。

その時……。

屈強そうな侍たちが、二十名ほどぞろぞろと現れた。虎王丸と長作が怯《ひる》んだ隙に、笠原は逃れ、侍たちのもとへと駆け寄る。

大井豊後守はにやりと笑い、侍たちに告げた。

「この雑魚どもをさっさと始末しろ」

並みいる侍たちに囲まれ、世直し人たちは一瞬、身を竦《すく》める。四人の手に汗が滲んだ。

侍たちはにやけながら、迫ってきた。

「へえ、女もいるのか。そいつだけは殺らずに、後でたっぷり愉しませてもらおうぜ」

「そうしよう。……ではお愉しみの前に、邪魔な奴らを片付けちまうか」

三人の侍が、刀を抜いて向かってきた。すると長作が突然、燭台に蠟燭の火の灯るターフル台(テーブル)へと飛び乗り、弾みをつけて、その三人へと飛びかかった。

「うわあああっ」

長作は目にも留まらぬ速さで、三人の顔を次々に蹴り上げた。三人は鼻血を噴き出し、ぶっ倒れる。

その鮮やかな身のこなしに、残った侍たちは呆気に取られ、怯んでしまう。その隙に、虎王丸も叫び声を上げて敵に迫り、巨軀《きょく》から迸《ほとばし》る力で張り手をかまして、敵を薙《な》ぎ倒していった。

侍が振りかざした脇差を、虎王丸は臆《おく》せず素手で受け止める。そして怪力で真っ二つにへし折ると、丸腰になった侍をぶん殴って気絶させ、あれよあれよとお手玉のように放り投げた。

「ばっ……化け物」

虎王丸の怪力に驚き、腰を抜かした侍もいた。

日下部は二刀流で敵を薙ぎ倒していく。右手の刀で敵を峰打ちし、左手の刀で、また別の敵の脚を掠め斬る。

毅然《きぜん》と澄ましたお滝は、三人が倒した敵を後ろ手にして、手枷《てかせ》を嵌めていった。

長作は軽業で鍛えた躰を俊敏に弾ませ、とんぼ返りをしながら敵に蹴りを入れていった。刀をかわしては鳩尾を殴り、次々と気絶させる。

「小癪《こしゃく》な」

業《ごう》を煮やした侍が脇差を長作目がけて投げつけると、長作はターフル台の上にあった皿を盾にして、脇差を弾き返した。ついでに皿の上の反本丸を投げつけ、侍の顔へと命中させた。目の中に牛脂が入って、侍は呻《うめ》き声を上げる。

さらに長作は、珍蛇の瓶を、日下部の後ろに迫っていた侍に投げつけた。

「うわあっ」

甘酸《あまず》っぱい珍蛇は目に沁みるのだろう、侍は手で顔を覆って昏倒《こんとう》し、のたうち回る。頭から珍蛇をかけられ、侍はみるみる赤紫色に染まった。

日下部は長作に、ありがとよ、と目配せすると、刀を振るって峰打ちを続け、侍たちの脇差を次々と叩き落としていく。

珍蛇をかけられた侍が起き上がり、凄まじい形相で長作に襲いかかる。長作は侍を足蹴《あしげ》にして倒すと、その躰を踏み台にして、ターフル台へと飛び乗った。

また別の侍に飛び蹴りを加えようと、長作が身構えた、その時だった。

侍の一人が目を血走らせながら、懐から短筒《たんづつ》（小型の鉄砲）を抜いた。

「危ない」

日下部が両手に持った刀を投げ捨て、ターフル台に飛び乗る。長作に向かって放たれた弾丸《たま》は、日下部の胸を貫いた。

日下部は躰をぐらりと揺らし、ターフル台から落ちた。奢侈《しゃし》な毛氈《もうせん》に、血が広がっていく。

長作は叫び声を上げて飛び降り、日下部を抱きかかえた。日下部は血まみれのまま笑った。

「お前はまだ若いんだからよ。……俺はもうじゅうぶん生きた」

日下部の血はとても熱くて、長作の肌の内まで滲んでくるようだった。長作は涙をこぼして叫んだ。

「兄さん、せっかく仲よくなれたんじゃねえか。もっと生きてくれよ、兄さん」

日下部は虚ろな目を長作に向け、頷いた。

「楽しかったぜ……ありがとよ、弟」

日下部の声が微かになり、目がゆっくりと閉じられていく。長作の腕の中で、日下部は息絶えた。

お滝は思わず両の手で顔を覆った。虎王丸は拳を握り、歯を食い縛る。長作は血走る目で、短筒を撃った侍を睨んだ。

「この野郎……許さねえ」

侍たちは薄ら笑いを浮かべ、次々と短筒を懐から取り出し、世直し人たちに向けた。この時代、短筒はもちろん御禁制の品である。

虎王丸は突然、諸肌《もろはだ》を脱ぎ、上半身を晒け出した。その巨軀には……火薬を詰めた大きな筒が沢山巻き付けられている。

虎王丸は燭台に飾られた蠟燭を摑み、凄んだ。

「おのれら、これ以上卑怯な真似をしやがると、これに火をつけるぜ。そうしたらこの屋敷も、おのれらも、皆、木《こ》っ端微塵《ぱみじん》よ」

虎王丸は豪快に笑う。

「よ、よせ」

これにはさすがに、敵たちも慄《おのの》く。大井豊後守が金切り声を上げた。

「そ、そんなことをすれば、お、お前も木っ端微塵になるのだぞ」

「おう、上等だ。おのれらもろとも、地獄へ吹っ飛ぶまでよ」

虎王丸の莫迦笑いが、屋敷中に響き渡った。

お滝は敵を睨みつけながら、一喝した。

「さあ、手にしてるものをお捨て」

世直し人たちの命知らずの姿に恐れをなし、侍たちは一人、また一人と短筒を放り出す。

皆が怖《お》じ気《け》づいた隙に、長作は近くに落ちていた刀を拾うと、日下部を真似て二刀流で反撃に出た。竹光《たけみつ》しか振るったことのない長作だったが、峰で敵の頭や肩を叩き打ち、倒していった。

虎王丸も上半身を剝き出しにしたまま、素手で、あるいは頭突きをかまして、敵を薙ぎ倒していく。日下部を撃った侍は、虎王丸の平手打ちで奥歯を根こそぎ折られ、忽ち目を回して伸びてしまった。

長作と虎王丸の暴れぶりに、大井豊後守は恐れをなして、青褪めた顔で廊下へと飛び出した。

「お待ちっ」

逃げる大井豊後守を、お滝が短刀を手に追いかける。廊下の突き当たりまで追い詰められた大井豊後守は、振り返った。

大井豊後守は、ぜいぜいと息を切らしながら、声を搾り出した。

「わ、分かった。お前さんたちの要求を聞こう。いくらほしい。金ならいくらでもやろう。だから、命だけは助けてくれ」

お滝は短刀を八相に構えて、怒鳴った。

「金なんていらないよ。金がほしくてやってる訳じゃないんだ。貴様らが甲賀古士たちにやったことが許せなくてね。きっちりと償ってほしいんだよ、彼らのために」

頭巾から覗くお滝の目には、激しい怒りと、射貫くような鋭さが籠もっていた。大井豊後守は身を竦める。

顔を強張らせる大井豊後守に、お滝は短刀を突き出した。

「ま、まあ、待て」

「落とし前つけてもらうよ」

突進しようとした、その時。

殺気を感じて、お滝は振り返った。笠原将監が、隠し持っていた短筒を手に、薄笑みを浮かべている。助けが現れ、大井豊後守もにやりと笑った。お滝の額に汗が滲む。

笠原は短筒をお滝に向けたまま、近づいてくる。身を翻してお滝が逃げようとすると……大井豊後守が襲いかかってきて羽交い締めにした。そして笠原に鳩尾を殴られ、お滝は気絶してしまった。

侍たちを次々に倒した虎王丸と長作だったが、お滝の姿が見えないことに気づいた。

侍たちは残らず縛り上げたものの、一番の標的である、大井豊後守と笠原将監の姿も見えない。

虎王丸と長作は顔色を変え、慌てて屋敷内を探し回った。広い屋敷の中、二人は叫びながら一部屋一部屋、確かめていく。

「姐さん、どこにいるんだ」

　廊下の突き当たりに微かに明かりが漏れている部屋を見つけ、二人はそっと忍び寄る。襖に耳を当てると、中に人のいる気配があった。二人は目配せし合いながら、勢いよく襖を開けた。

　そこは寝所だった。敷かれた布団の上で、お滝は大井豊後守と笠原将監に刀を突きつけられていた。頭巾を剝《は》ぎ取られ、黒装束の胸元をはだけさせられている。両の手首と足首は、縄できつく縛り上げられていた。

　その姿に、虎王丸と長作は立ち竦んでしまう。

　大井豊後守は、お滝の剝き出しになった白いうなじを刀の切っ先ですっと撫で、舌舐めずりした。

「もう観念しろ。この女がどうなってもいいのか」

　大井豊後守と笠原は、虎王丸と長作に向かって、にやりと笑う。

　二人は悔しげに顔を歪めた。お滝に思いを寄せている虎王丸は、今にも泣き出しそうだ。笠原は嘲笑《あざわら》った。

「お前ら、こんなことをして、ただで済むと思っているのか。莫迦というのは、本当にどうしようもないな。後先のことを何も考えずに、暴走する」

大井豊後守も薄ら笑いを浮かべる。

「おい、猿。手にした刀を捨てろ。ふふ、猿に刀とは、猫に小判よりも莫迦げておるわ。おい、そっちの猪《いのしし》も、阿呆《あほう》なことを考えるなよ」

調子に乗った大井豊後守は、虎王丸と長作の前で、お滝のうなじに唇を押し当てた。お滝はきっと睨んだが、縛り上げられてしまっているので身動き出来ない。

「今宵はお前をたっぷりと可愛がってやるからのう。こいつらの目の前で。……ふふ、あんな狼藉《ろうぜき》を働く割に、いい女ではないか。なんとも妖しい匂いがするのう」

大井豊後守は、お滝のうなじに頬擦りして、舌を這わせていく。虎王丸と長作は目を背け、唇を強く噛んだ。笠原がお滝に刀を向けているので、迂闊《うかつ》に手が出せない。

笠原は目を爛々《らんらん》とさせ、お滝と交互に、虎王丸と長作にも刀を突き付ける。笠原の左手には短筒が握られていた。

「今宵、お前らの〝姐さん〟の艶姿《あですがた》を、たっぷりと見せてやる。その目に焼き付けろ。……御前《ごぜん》の次には、私も可愛がってやろうぞ。ふふふ」

笠原の憎々しい物言いに、虎王丸の目が血走る。長作も奥歯を嚙み締めた。

大井豊後守のごつい手が、お滝の躰をまさぐる。

「お前、華奢なくせして、いい胸をしておる。わしの好みだわい」

大井豊後守は息を荒くしながら、お滝の胸元へと手を滑り込ませようとした。

──姐さん──

虎王丸と長作は心の中で叫び、思わず目を瞑った。

その時……どこに隠れていたのか、黒猫が現れた。黒猫は大井豊後守の肩にちょこんと飛び乗り、首の後ろの盆《ぼん》の窪《くぼ》あたりを、鋭い爪で思い切り引っ掻く。急所である。

「ぎゃあっ」

大井豊後守は思わず悲鳴を上げた。

すばしっこい黒猫は、笠原将監にも襲いかかった。やはり盆の窪に鋭い爪を立てられ、笠原も絶叫する。

それが衝撃だったのか、お滝の白い肌に昂《たか》ぶり過ぎたのか、珍蛇を呑み過ぎていたのか……それとも薬研堀から飛ばしている幽斎の念力が効いたのか、はたまた今までの悪事のツケが一気に廻ってきたのか。

大井豊後守は白目を剝いて、お滝に覆い被さるように倒れてしまった。

同時に笠原も呻き声を上げ、口をだらりと開けたまま、崩れ落ちた。

二人とも、どうやら卒中風《そっちゅうぶ》（脳溢血《のういっけつ》）を起こしたようだった。

呆気なく悪党二人がひっくり返ったのであるから、やはり幽斎の念力の賜物《たまもの》というべきか。


薬研堀の〈邑幽庵〉で、凄まじい形相で祈禱を続けていた幽斎は、不意に光を感じ、ようやく息をついた。

幽斎の纏った狩衣には、抜け落ちた髪の毛が、大量に付いていた。それほど強い念力を使ったということだった。


一方、木暮と桂は雲海の身柄を宇崎に引き渡し、取り調べに力添えして、遅くまで奉行所に残っていた。すると忠吾と坪八が慌ててやってきた。

「おう、坪八。見事だったぜ。ありがとよ」

船頭に化けて雲海を嵌めたのは、坪八だった。坪八は木暮に一礼し、持ってきた文を渡した。

「旦那の役宅のお庭に、投げ込まれていたそうですわ」

「うちにも同じものが届きやした。お先に帰らせていただいて、うとうとして寝かかっていやしたら、何者かが戸の隙間から忍ばせていきやした」

木暮は急いで文を広げた。

《寺社奉行大井豊後守の、高輪の下屋敷にて。大井豊後守と水口藩江戸家老笠原将監、並びに鳥海寺住職雲海が、甲賀古士より搾取せし三千両、桜の木の下にこれあり候。すぐさまお検《あらた》め願いたく候》

雲海は宇崎に任せ、木暮たちは四人で向かった。大井豊後守忠興の屋敷の中庭、桜の花びらが舞い散る下に、確かに千両箱が三つ並べてあった。

驚いたのは、大乱闘でもあったかのように、屋敷の者たちが縛り上げられていたことだ。大井豊後守と笠原将監も、白目を剝いて倒れている。

急いで医者を連れてきて診《み》てもらうと、一命こそ取り留めたが、後遺症は残るだろうとのことだった。

「また世直し人たちがやってくれたようだな」

男四人は、苦虫を嚙み潰す。

どうやら命懸けであったであろうことは、現場の様子から見て取れた。大井たちの悪事の証を示すかのように、御禁制の短筒が揃えて置かれてあった。

大きな事件も、これでようやく片が付いたようだ。巻き込まれた桂には複雑な思いも残っているだろうが、溜飲《りゅういん》が下がったのは確かであったろう。

桜の花びらが雨のように降る中庭を眺めながら、木暮は呟いた。

「悔しいけどよ……感謝するぜ、世直し人の連中には」

桂は黙って頷いた。

三

日下部の遺体は、長作が担いで帰った。

虎王丸と力を合わせて遺体から弾丸を抜き取り、血や汚れを丁寧に拭き取って清めた後、綺麗な浴衣を着せて、元鳥越町の日下部の長屋の前に寝かせておいた。

本当は寺へと運んで湯灌《ゆかん》をしてもらいたかったが、そうすれば寺の者たちから怪訝な目で見られることは避けられなかった。短筒で撃たれた銃創があれば、なおさらだ。

自分たち二人が世直し人であることがバレてしまうのは仕方がないにしても、幽斎まで足がついてしまうと、申し訳が立たない。

そのような思いから、長作と虎王丸は、日下部の遺体を直接、遺族に渡すことにしたのだった。

数日後、幽斎は、日下部の長屋へと香典《こうでん》を持っていった。

必死で念力を飛ばしていたものの、日下部を救えなかったことを、幽斎は酷く悔やんでいた。それゆえ、日下部の長屋へと向かう足取りも重かった。

日下部が住んでいた裏長屋で、御新造の志乃《しの》が迎えてくれた。七つになるという息子は、狭い長屋の隅でおとなしく、風車に息を吹きかけて遊んでいる。その姿を目にすると、幽斎は胸が詰まった。

幽斎は深々と頭を下げ、香典を差し出した。

「この度はまことに御愁傷様《ごしゅうしょうさま》でございます」

志乃はやつれた顔で、礼を返した。

日暮れの刻《とき》、長屋の部屋が薄暗くなり始める。

香典を確かめ、志乃は目を瞠《みは》った。二十両も包まれていたからだ。

内訳は、幽斎からの十一両と、あの夜に三千両の中から長作がくすねてきた九両だった。

志乃は声を上げた。

「こんなに沢山《たくさん》……」

「日下部殿に手伝ってもらった仕事の謝礼も含まれております。お受け取りください」

志乃は顔を曇らせた。

「あの人、何か悪いことに手を染めていたのでしょうか。……あの人の着物や肌着を仕舞っていた簞笥《たんす》の引き出しを整理していたら、私たちに遺《のこ》してくれた金子が出てきたのです。何かあったらこれを使ってくれ、という文とともに。全部で、五十両ありました。……私、あの人が、何か危ないことをして稼いでいるのではないかって、薄々気づいておりました」

幽斎は志乃を見つめた。

「恐らく……日下部殿は密かに、用心棒のようなことをなさっていたのではないでしょうか。用心棒は身の危険もありますから、御新造様を心配させぬよう、詳しく話さなかったのかもしれません」

「……そうでしょうか」

腑に落ちないのだろう、志乃は顔を曇らせたままだ。

「ええ、そうだと思います。ちなみに私が手伝っていただいたのは、地位のある御方の護衛でした。日下部殿は、とても腕の立つ御仁でいらっしゃいましたから」

すると、志乃の目から不意に涙がこぼれ落ちた。啜り泣く志乃を、幽斎は黙って見つめる。

落ち着いてくると、志乃は、日下部の身の上を、ぽつぽつと語った。

日下部は国元で、作事奉行の大工方を務めていたという。妻の志乃の弟は勘定方で、日下部はこの義弟と仲がよく、実の弟のように可愛がっていたそうだ。

ところがその義弟が、藩金横領の罪を着せられて死罪となった。それを勘定頭が仕組んだことと知った日下部は、あまりの汚さに、怒り心頭に発したという。

そして義弟の仇を討つため、勘定頭を斬り、妻子とともに藩を出奔《しゅっぽん》したのだった。

上意討ちの者が追ってくるかもしれぬと、日下部は常に注意を払っていたそうだ。自分はいつ殺られるかもしれぬ、そういう思いが常にあったからこそ、日下部はなんとしてでも金を貯め、妻子に残しておいてやりたかったのだろう。

初めて会った時、この世は金よと嘯《うそぶ》いていた日下部の真の思いを知り、幽斎の胸は熱くなった。長作に兄さんと慕われて喜んでいた彼の気持ちも、よく分かるような気がした。日下部はきっと、仲がよかったという義弟と長作を重ね合わせていたのだろう。

志乃は指で涙を拭い、溜息をついた。

「あの人、本当はお金を憎んでいたと思うのです。弟はお金のいざこざに巻き込まれ、罪を着せられ、命を喪《うしな》ったのですから。いわば、お金に殺されたようなものです。弟の仇を討ってくれた時、あの人は言っていました。金、金、って、いったいなんだっていうんだ。金なんかなくたって、いくらでも幸せになれるじゃないか。そんなもののために罪を犯したり、罪を着せたり、莫迦げている……」

幽斎はそっと目を伏せた。息子は暗い部屋の隅で、まだ風車を回して遊んでいる。その息子に目をやり、志乃は続けた。

「でも……江戸へ逃げてきたものの、暮らしは本当にたいへんで。それで段々と、あの人は変わっていってしまったのです。お金がないことの苦しさを、身を以《もっ》て知ったからでしょう。酔うと、この世はやはり金なんだ、などと管《くだ》を巻くようになって。お金に執着《しゅうちゃく》を見せるようになっていきました。……一昨年でしたか、あの子が高熱を出したことがありました。薬代もなくて、困り果ててしまって……。でもその時、あの人、どのようにしてか薬代を調達してきたのです。あちこちから掻き集めた、なんて言ってましたけれど。思えばあの頃から、なにやら陰の仕事をしていたのかもしれません。……夫婦で頑張ったって、内職だけではなかなか貯まりませんもの」

幽斎は志乃の目を真っすぐに見据えた。

「これは決して、悪いことをして得た金子ではありません。日下部殿が、人を助けるために懸命に働いてくださったその報酬なのです。誇らしいお金です。だから安心なさって、お受け取りください」

幽斎の澄んだ目には、人を信じさせる力が宿っている。

「ありがとうございます」

志乃は深く頭を下げ、涙ぐんだ。

戻ってきた幽斎を、お滝は慰めた。日下部を死なせてしまったことで、幽斎が気落ちしていることは、お滝も痛いほどに分かっていた。

夜更けの〈邑幽庵〉で、二人は寄り添い、静かに酒を呑んだ。

お滝が作ってくれた料理を、幽斎はゆっくりと味わう。優しく爽やかな味わいの〝蕗《ふき》の白和《しらあ》え〟は、傷んだ心をそっと癒してくれるようだった。

幽斎は、お滝に注がれた酒を一口啜り、息をついた。

「危ない目に遭わせてしまいました。まことに申し訳ありません」

声を掠れさせる幽斎に、お滝は優しく微笑んだ。

「たいしたことではございません。元締めのためなら、どんなことがあろうとも。……お傍にいさせてください」

お滝は目を瞑り、幽斎の肩にそっともたれた。

一段落し、木暮と桂は、幸町《さいわいちょう》の居酒屋〈かえで〉で盃を傾け合った。

主犯の二人が病で倒れてしまったので捕縛には至らなかったが、鳥海寺住職の雲海がすべてを吐いたことにより、悪事は公儀に知れ渡り、悪者どもは処罰されることとなった。世直し人の思惑どおりと相成《あいな》ったのだ。

〝めばるの煮つけ〟に舌鼓を打ち、二人はほうと息をつく。

「めばるって、どうしてこんなに旨《うめ》えんだろうな。脂が乗って、とろとろ蕩《とろ》けて」

「味付けがまた、いいんですよね。醬油が利いていて、なんともコクがあって。骨まで食べたくなってしまいます」

「骨はおろか、俺なんか頭や目玉まで食っちまうぜ」

「私もです」

酒を啜っては、せっせと箸を動かす。二人は骨一本残さず、めばるを丸ごと平らげてしまった。

次には〝浅蜊《あさり》と菜の花の炒め物〟が運ばれてくる。口いっぱいに頰張り、二人は目尻を垂らした。

「これもいい味だなあ。浅蜊の旨みが、菜の花に滲んでよ。塩と酒を振って、胡麻油で炒めたぐらいだろうが、絶品だよなあ」

「大蒜《にんにく》も少し入っているようですね。この一片の大蒜というのが、また旨みを増すんですよ」

蘊蓄《うんちく》を述べながら料理を味わうのも、一興である。

〝烏賊の塩辛茶漬け〟は絶品で、二人は言葉もなく一気に搔っ込んだ。

「酒を呑んだ後に、こういう茶漬けはいいなあ」

しまうという」

「酒が廻った胃ノ腑に、しっくり馴染むんですよね。そしてまた呑みたくなって

　桂の言うとおりで、二人は追加の徳利を頼み、茶漬けもお代わりした。

〈かえで〉のまだ若い女将が運んでくると、木暮と桂は酒を啜りつつ、二杯目の茶漬けを味わった。

「大井忠興と笠原将監は、ともに一命は取り留めたものの、躰が動かなくなっちまって、呂律《ろれつ》も回らず、お役罷免《ひめん》だと。悪事が晒け出されて、さすがに揉み消すことが出来なくなり、笠原の家は取り潰しとなるそうだ。何も知らなかった水口藩主は咎を受けなかったが、水口藩は減封《げんぽう》っていうから気の毒だよなあ」

「大井家のほうも取り潰しですよね」

　木暮は眉を掻いた。

「ところがなあ、大井家のほうは減封とはなったものの、取り潰しにはならないようだ」

「それはなにゆえに」

　桂の顔が険しくなる。

「うむ。大井家は大名格だからなあ。大名家を取り潰すと、そこに仕える多くの

家臣たちが禄《ろく》を失って浪人となり、一族郎党で路頭に迷うことになるだろう。お上は、浪人者が溢れるのをなるべく避けてえんだよ。かつては大名家を取り潰すこともままあったようだが、近頃はほとんど例がないからな」

「そうなのですか。……では、駿河藩主は替わることなく、大井家のままだと」

「そうみてえだな。まあ、大井忠興は、表向きは病気で隠居ということになったからな。あの莫迦息子の忠久が、家督を継いだそうだ。あんなのが大名だなんて、世も末じゃねえか。忠久は、父親が懲らしめられたあの夜も、吉原でどんちゃん騒ぎをしていたというからな。案外、父親が倒れて、喜んでいるかもしれんぞ。これで俺がようやく大名様だ、と」

桂はむすっとした顔で、酒を啜る。木暮は苦い笑みを浮かべた。

「おい、不貞腐《ふてくさ》れても、今夜はほどほどにな。お前を担いで帰った時、俺、疲れちまったからさあ。お前、結構、骨太だよな」

「あの時は御迷惑おかけして、本当に申し訳ありませんでした」

桂はバツの悪そうな顔で、頭を下げる。

「面目次第もありません。思いがけず、木暮さんに借りを作ってしまいました」

「いいってことよ。まあ、いつか倍にして返してもらうわ。これから先、俺も気を失うまで呑んじまうことがあるかもしれねえが、そん時はよろしくな」

「はい、その時は木暮さんを負ぶって家までお届けします」

木暮は桂に酌をして、付け加えた。

「鳥海寺は取り潰しになるそうだ。住職の雲海はじめ、僧侶たちも、皆、退院（僧籍の剝奪）だとよ。まあ、あの忠久ってのは憎らしいが、悪い奴らはそれぞれ制裁を加えられたからよかったたな。大井忠興と笠原が卒中風を起こしたのだって、己の悪事が突然撥ね返ってきたってとこだろうしな。俺は、てっきり世直し人たちにぶん殴られでもしてああなったかと思ったが、医者が診たところ頭には傷がなかったというからな。盆の窪にあった傷は、卒中風を起こすほどのものではなかったらしい。……つまりは、やっぱり悪いことは出来ねえってことだ」

「確かに。罰《ばち》が当たってくれてよかったです、本当に」

桂は嚙み締めるように言う。

今、桂の心に誰の顔が浮かんでいるか、木暮は分かっていた。

「改易は免《まぬが》れたといっても、あの莫迦息子のことだ。親父に続いて倅までが何か愚かなことを仕出かしたら、その時は上のほうもさすがに黙っちゃいねえと思うぜ。あいつが自滅してくれるのを祈るばかりだ」

「そう巧くいくとよいのですが」

桂は、苦い笑みを浮かべる。木暮は桂の茶碗を眺めた。

「なんだお前、茶漬け、ほとんど食ってねえじゃねえか。塩辛に刻み海苔と胡麻が合わさって、山葵がぴりっと利いて、こんなに旨えのによ。もったいねえから残りは俺が食ってやる。よこせ」

木暮の手が茶碗に伸びてきて、桂は慌てて遮った。

「駄目ですよ。これは私の茶漬けです、私がいただきます」

桂はずずっと汁を啜り、急いで掻っ込み始める。

「なんだなんだ、慌てて食って喉に痞《つか》えるなよ」

木暮が言う傍から、桂は噎《む》せそうになって目を白黒させる。木暮は笑いながら桂の背中を叩いてやった。

四

弥生の吉原は、いつも以上に賑《にぎ》わっている。廓《くるわ》に上がって遊ぶ者、桜を見に来る者と、人通りは絶えない。

表通りである仲《なか》の町《ちよう》を彩る桜並木は、夜になると数多《あまた》の灯籠に照らされ、見事な眺めとなる。

この桜は弥生朔日《ついたち》に植木職人によって植えられ、同月末日に引き抜かれてしまう。吉原の桜並木を見られるのも今年あと僅かだということで、多くの者たちが集まっていた。

広い吉原の中はいくつかの町に分かれている。奥にある京町《きようまち》二丁目の大店〈常盤楼《ときわろう》〉の花魁《おいらん》部屋では、豪華な酒宴が繰り広げられていた。

部屋の中にまで桜が飾られ、廻り行灯が、花魁と桜を交互に照らし出す。入山《いりやま》形《がた》に二つ星、最高級の花魁である雛川《ひながわ》を眺めながら、駿河国沼津藩の新しき藩主である大井豊後守忠久は、酒を舐めてにやりと笑った。

「無事に家督も継いだことだし、お前の身請けもそろそろ考えてやろうか。ふふ、俺の側室になりたいという女は山ほどいるから、その末席でもよければ考えてやらないこともないぞ」

「これは嬉しいお言葉でありんす。でも……末席は、少し悲しいでありんすなあ」

雛川は目を伏せ、切なげに身をくねらせる。細面《ほそおもて》で妖艶な面立ちの雛川は、島田髷《しまだまげ》に大きな笄《こうがい》と櫛《くし》を二枚、簪《かんざし》を十四本挿《さ》している。花魁の首から上だけの装飾品で、家が一軒建つという豪華さだ。

雛川は、緋色の金襴綸子《きんらんりんず》の打掛を羽織り、黒紅色の金襴緞子《きんらんどんす》の帯を前結びにして、白檀《びやくだん》の薫香《くんこう》を漂わせていた。

忠久は、雛川の傍らに座っていた禿《かむろ》を押しのけ、雛川を抱き寄せた。

「生意気なことを言うでない。俺の側室になれるだけありがたいと思え。雛川、花魁のことを〝大名道具〟とも言うだろう。つまりお前は、大名である俺の道具、玩具ということだ。ふふ、玩具ならば俺が好きに扱っても文句は言えまい」

忠久は雛川の細い首に唇を押し当て、右の手を胸元へと滑り込ませた。雛川はその手をそっと押しのけ、甘い声を出す。

「あれ、殿様、お気が早いでありんす。後のお愉しみでありんすよ」

「……それもそうだな」

雛川に見つめられ、忠久は手を引っ込める。座敷には禿のほかにも、振袖新造や遣手《やりて》、男衆たちもいるのだ。しかし、忠久の目には雛川しか留まっていない。

遣手と呼ばれる年増《としま》が、口を挟んだ。

「殿様のような立派な方に可愛がっていただけるなんて、羨ましいことですよ。

花魁、道具でも玩具でもいいではないですか。殿様のお傍にいられるならば」

「雛人形のように大切にしていただけるかもしれませんぜ」

男衆も調子よく口を合わせる。忠久は雛川の肩を抱きながら、大きな声を上げた。

「皆、どんどん呑んで食ってくれ。俺は雛川に食べさせてもらうぞ。ほら」

忠久は〝鯉《こい》の洗い〟を指差す。部屋には豪華な膳が並んでいた。

「まったく甘えん坊でありんすねえ」

雛川は苦笑しつつ、鯉の洗いを箸で摘まんで酢醤油をちょっとつけ、忠久の口に運ぶ。忠久は舌を伸ばして受け止め、ゆっくりと嚙み締めて、目を細めた。

「うむ。一段と旨く感じるぞ。あっさりした口当たりなのに、嚙むと、とろりとしてくる。……雛川、まるでお前の躰のようだな。お前は鯉の化身《けしん》なのか」

「あれ、殿様、意地悪でありんす」

袂《たもと》で顔を覆い、雛川は再び身をくねらせる。遣手がまたも口を挟んだ。

「鯉の化身の花魁が、鯛の化身の殿様に恋をして、これはめでたい、めでたいと」

「ふふ、面白いことを言うではないか。では、次はこちらを食べさせてもらうか」

忠久は機嫌よく、〝鯛の酒蒸し〟を指差す。雛川は箸で丁寧に鯛を切り、添え物の葱の千切りとともに、忠久の口に運ぶ。一頻り嚙み締め、忠久は満足げに息をついた。

料理はほかに〝鯛の姿焼き〟〝鯛飯〟〝鯉こく〟〝鯉のうま煮〟〝伊勢海老《いせえび》の姿盛り〟などと続いた。まさに椀飯振舞《おうばんぶるまい》だ。

皆で皿を突《つつ》いて酒を吞み、振袖新造に唄わせたり、男衆たちに裸踊りをさせたりして、忠久はまさに大名遊びを楽しんだ。


忠久は頭巾を巻いて〈常盤楼〉を出た。四つ（午後十時）を過ぎているので大門は閉じているが、袖門を通れば外へと出られる。この刻限になると、吉原の中は幾分、静まってきていた。

忠久は明け方まで雛川と一緒にいたかったが、家督を継いで間もなく、周りが色々煩いので、一応屋敷に戻ることにした。家督を継ぐ前は妓楼《ぎろう》に泊まるなど当たり前だったが、今のところは少し控えたほうがいいと、さすがに思う。

――まあ、おとなしくしているのも今のうちだ。そのうち家臣などねじ伏せ、好き放題にやってやるわ。なんといっても俺が殿様なのだからな――

二十三歳の大名には、怖いものなどないようだ。今日だって家臣たちの目を盗み、一人で堂々と吉原を訪れたのである。

仲の町の桜並木に目をやりながら、忠久は歩を進める。その時……桜の陰に妖しい女の気配を感じて、忠久は足を止めた。

紫色の頭巾を被った女は、忠久をじっと見つめていた。すらりとした柳腰、大きく抜いた衣紋《えもん》から覗く細いうなじ。青磁《せいじ》色の着物に紫紺色の帯を締めたその女は、顔を隠してはいるものの、美しさと色香までは隠せていない。忠久は思わず女を凝視《ぎょうし》した。

女と忠久の眼差しが絡まり合う。花魁とはまた違った悩ましさに満ちた女を眺めながら、忠久はごくりと喉を鳴らした。

女は、忠久を手招きした。白くしなやかな指に、忠久の心が掻き乱される。忠久がふらふらと近寄ろうとすると、女は素早く、また別の桜の木の陰へと、身を移した。

忠久が近づくと、女はまた別のところへ。薄闇の中を女は蝶《ちょう》のように舞い、忠久はそれを捕まえようと追いかけた。

気づくと、忠久は、吉原の奥の京町二丁目のほうへと戻っていた。女は羅生門《らしようもん》河岸《がし》へと舞っていく。羅生門河岸は吉原の掃き溜《はだ》めと言われ、小店《こだな》が建ち並んでいる。

――なんだ、あの女、安女郎か。まあ、たまには安い女を抱くのもよいな。遊んでやるか――

忠久は唇を舐めつつ、女を追いかけた。

だが女は店には入らず、隅にある九郎助《くろすけ》稲荷のほうへと舞っていく。そして稲荷の入り口で立ち止まり、振り返った。

女と忠久の目が合う。忠久は息切れを起こしていた。

女は嫋《たお》やかに身をくねらせながら、そっと青磁色の着物を捲った。白く形のよい脚が露わになる。忠久の血が滾り、堪らず女に摑みかかった。息を荒くする忠久に、女は囁いた。

「ねえ……もっと奥で愉しみましょうよ」

忠久は目を微かに血走らせ、頷く。二人は稲荷の中へと入っていった。

さすがにこの刻限になると、稲荷の中に人影はない。大きな辛夷《こぶし》の木にもたれ、女は忠久を悩ましい目で見ながら、自ら胸元をはだけた。

「こんなところでしたいなどと、さてはお前は淫乱か。ふふ、嫌いではないぞ、そういう女は」

忠久は女に抱きつき、胸元をさらに広げようとした。細い躰に似合わぬような、豊かな谷間が現れる。忠久は昂ぶり、さらに手に力を籠める。帯が緩み、だらしなく着物が崩れ、女の背中まで覗いた。忠久は目を見開き、上擦った声を上げた。

「お前……刺青を彫っているのか。おい、よく見せてくれ。刺青のある女とやるのは初めてだ。……興奮するではないか」

忠久は女を後ろ向きにして木に押しつけ、衣紋を摑んで背中を露わにしようとした。

その時、女が物凄い力で忠久に肘鉄《ひじてつ》を食らわせた。

「うっ……」

忠久が怯んだ隙に、女は乱れた着物を押さえながら、大きな声を上げて逃げていった。

「誰か、誰か来て。変な男が、私に乱暴しようとした」

女の叫び声に忠久は動転し、鳩尾を押さえながら、追いかける。

「あの女……ふざけやがって」

　忠久に怒りが込み上げ、目がいっそう血走る。忠久は幼少の頃から、かっとすると我を忘れてしまう気質なのだ。

　女は稲荷を飛び出し、大声で喚き続けた。その乱れた姿と叫び声に、羅生門河岸にたむろしていた者たちは目を丸くする。小店の男衆が駆けつけ、女に訊ねた。

「男はどこにいるんだ」

　女は振り返り、追ってきた忠久を指差した。

「あの二本差しよ」

　忠久は頭巾の下、鬼のような形相で、女を睨んだ。


　その頃、桂右近は、京町二丁目の大店〈常盤楼〉の近くで、人を待っていた。

　今朝、桂の役宅の中庭に、文が投げ込まれていたのだ。

　お藤さんからの言伝《ことづて》を預かっているので、今夜四つ過ぎ頃、吉原は京町二丁目〈常盤楼〉の近くでお待ちしております。必ずお越しくださいという内容だった。

　桂ははじめ、何かの悪戯《いたずら》かと思って無視しようとした。ところが、お役目を務めている間もずっと気に懸かって頭から離れず、こうして来てしまったのだった。待ち合わせが吉原というのも、なにやら妙な胸騒ぎがした。

——もう四半刻は経っているのに、なかなか現れない。やはり悪戯だったのだろうか——

桂が溜息をついていると、羅生門河岸の騒ぎが伝わってきた。

「おい、侍が女に向かって刀を抜いたみたいだぞ」

叫びながら、野次馬が駆けていく。桂も急いで羅生門河岸へと向かった。

羅生門河岸では、まさに、黒頭巾を被った侍が、紫頭巾を被った女に、刀を向けていた。黒頭巾の男、忠久は叫んだ。

「この女が俺を誘ったんだ。安い女を哀れに思って誘いに乗ってやろうとしたのに、虚仮《こけ》にしやがって。無礼討ちにしてくれるわ」

忠久が刀を振り上げると、集まった者たちから悲鳴が起きた。そこへ桂が駆けつけ、女の前に立ち塞がった。

忠久が振り下ろした刀が、桂の肩を掠める。黒羽織が切れて血が滲んだ。

見ている者たちから再び悲鳴が上がる。桂は肩を手で押さえながら、忠久に向かって言った。

「乱暴はよせ。落ち着くんだ」

女は桂にしがみつき、声を震わせた。

「お役人様、この男の言うことは嘘です。この男が私の着物をはだけさせ、無理やり……酷いことを」

女の手には泥がつき、素足には血が滲んでいる。頭巾から覗く女の目にどことなく見覚えがあったが、桂ははっきりとは思い出せなかった。

忠久が叫んだ。

「このアマ、何を出鱈目ぬかしてるんだ。おい、町方、どけ。どかぬと貴様も本当に叩き斬るぞ」

本気なのだろう、忠久は刀を構え、桂ににじり寄る。桂は刀に手をかけた。

忠久は威嚇するように声を張り上げた。

「面白い。おい町方、俺を誰と心得る。名を名乗れ」

「南町奉行所同心、桂右近」

その時、桂は気づいた。羽織に染め抜かれた三つ柏の紋……まさか、駿河国沼津藩大井家の者ではないか。

忠久は嘲笑《あざわら》った。

「下っ端の不浄役人如きが、大名の私に向かって刀を抜けるのか。面白い、抜いてみろ。さあ」

忠久は刀の切っ先を、桂に向ける。

「私の父上は、寺社奉行まで務めたのだぞ。その嫡男である私に、刀を向けることが出来るのかと聞いておるのだ。貴様のような雑魚が」

相手が大井忠久だと確信し、桂は唇を嚙み締める。野次馬連中は息を詰めて、二人の侍を注視していた。忠久は薄ら笑いを浮かべ、桂を追い詰める。

「やってみろ、貴様も無礼討ちにしてくれるわ。斬られたくないなら、さっさとそこをどけ。うん、それとも俺に刀を抜くか、本当に。ふふ、面白い。やってみろ、どういうことになるか。さあ」

忠久は刀を桂に突き付けた。

挑発を受けた桂だったが鯉口は切らず、右手を刀から離すと、懐へ伸ばした。

そして、朱房の十手を取り出した。

薄闇の中、桂の凛とした声が響いた。

「これは刀ではない。十手だ」

お藤が返してくれた、十手なのだ。

桂はそれを勢いよく、忠久に向かって投げつけた。

十手は月の光を受けて輝きながら宙を飛び、忠久の眉間に命中した。

忠久の躰が、ゆっくりと崩れ落ちる。

「旦那、お見事」

見ていた者たちの間から歓声が起きた。騒ぎを聞きつけた吉原詰めの隠密廻り同心が面番所からやってくる。同心は、倒れた忠久を捕縛するのではなく〝預かって〟いった。

桂が我に返ると、先ほどの女の姿はなかった。


お滝は角町《かどちょう》、揚屋町《あげやまち》を駆け抜け、西河岸の奥にある開運稲荷《いなり》に飛び込んだ。そこで待っていた長作が、男物の着物と帯をお滝に渡す。お滝は胸に晒《さら》しを巻き付け、素早く男装した。その間、長作は鳥居の前で見張っていた。

頭巾《ずきん》を被《かぶ》ったお滝と長作は、素知らぬふりで袖門を通って吉原を出た。堂々としていれば怪しまれることもない。二人は山谷堀から猪牙舟に乗り、薬研堀へと向かった。計画がどうやら成功したことを、幽斎に報せるためだ。

桂に仇を取らせてやりたいと考える幽斎に、お滝が提案したのだった。

自分が囮《おとり》になって忠久を煽《あお》り、騒ぎを起こして桂に捕えさせよう、と。幽斎は危険な真似をさせたくないと言って渋ったが、お滝はやらせてほしいと頼んだのだった。

——忠久が取り押さえられたことは、吉原詰めのお役人を通じて、お上の知るところとなるでしょう。野次馬も多数いたのだから、言い逃れは出来ないわ。父に続いて息子までもが愚かなことを仕出かしたとなると、それなりの咎を受けることになるに違いない——

闇の広がる中、大川を猪牙舟で揺られながら、お滝は考えを巡らせていた。

五

大井豊後守忠久が吉原で不祥事を起こしたことで、さすがにお上もこれ以上は目を瞑ることが出来ないと、大井家は改易となった。

国替えとなり、沼津藩には、遠江《とおとうみ》国横須賀《よこすか》藩の西原《にしはら》隠岐守《おきのかみ》匡徳《まさのり》が入封《にゅうほう》するという。沼津藩主は、今後は西原家に替わるという訳だ。

忠久は二十三歳の若さで、蟄居《ちっきょ》となった。

　こうして、悪人どもには天誅《てんちゆう》が下された。大井忠興らが甲賀古士たちから搾《さく》取《しゆ》した三千両は、木暮と桂が吟味方与力の宇崎に願い出て、宇崎が町奉行の千々岩に申し出て、そして千々岩が上の者たちに訴えかけ、その一部が国元の甲賀古士たちに助成金として与えられることになった。

　市中見廻りの合間に、木暮と桂は水茶屋に入って一息ついた。傍らには忠吾と坪八もいる。男四人で、黄粉《きなこ》がたっぷりまぶされた安倍川餅《あべかわもち》を味わい、相好《そうごう》を崩す。

「宇崎様は千々岩様の覚えもよくていらっしゃるので、本当にありがたいぜ。俺たち下っ端の意見を、上まで届けてくださった。すべて没収となるところだったが、その一部でも甲賀古士たちに渡れば、彼らの暮らしも少しは楽になるだろうからな」

「田之倉様は世直し人たちの正体を突き止めて捕えよと言う一方で、宇崎様は彼らにも寛容《かんよう》ですよね。世直し人たちが大井の屋敷で大暴れしたことに、田之倉様は怒りを爆発させましたが、宇崎様の『放っておけ』の一声で、またも黙らされてしまいました」

忠吾が目を瞬かせる。

「宇崎様って迫力ありやすよね。……噂で、お背中に墨が入っていると聞きやしたが、本当なんですかい」

「わても聞きましたわ。竜の紋々を背負ってらっしゃるっちゅう話」

坪八も身を乗り出す。木暮は眉を掻いた。

「じゃあ、宇崎様の来し方を、お前たちにも聞かせてやるか」

忠吾と坪八は大きく頷き、耳を傾けた。

吟味方与力の次男坊だった宇崎は、父親への反発もあって、若い頃は相当荒れていたという。悪い仲間と付き合い、背中に竜の刺青を入れたりしたのは、その頃だ。宇崎の兄は優秀で、父親の跡を継ぎ、吟味方与力として活躍していた。宇崎は父親とは馬が合わなかったが、この兄とは仲がよかったという。

しかし、兄が二十七歳の時、殺されてしまった。下手人はすぐに捕まった。兄がかつて島送りにした男で、島抜けして江戸へ舞い戻ってきていたのだ。兄の嫡男はまだ幼く、すぐに跡目を継ぐという訳にはいかなかった。そこで、その時二十四歳だった宇崎が、急遽《きゅうきょ》兄の跡を継ぐことになったという。

破落戸《ごろつき》同然だった宇崎にそのような務めが出来るか、周りも不安だったようだが、なんと宇崎は見習いから初めてめきめきと頭角を現し、今や泣く子も黙る名吟味方与力なのだ。

おまけに宇崎の奥方は、吉原の女郎上がり。それも花魁などではなく、安女郎だった女を身請けして、そのまま奥方にしてしまったという。

「実は宇崎様は、兄上様を殺めた者は、別の誰かだと疑っていたというんだ。つまりは冤罪《えんざい》だったと。その真の下手人を見つけ出し、自らの手で捕らえるために、ずっと嫌っていた与力の職にお就きになったというんだよ。そして実際に、三年の年月をかけて、宇崎様は兄上様を殺めた真の下手人を捕縛なさったんだ。いや、見上げた御方よ」

木暮の話を聞き終え、忠吾と坪八は顔を見合わせた。

「そのような来し方があってこその、あの男っぷりという訳ですね。納得しやしたぜ」

「カッコよすぎちゃいますか。男でも惚れてしまいそうですわ」

感心している二人に、木暮と桂は微笑みかけた。

「おう、俺たちだって宇崎様には惚れているぜ。男が惚れる男ってのはいいもんだ、実にな。……でもよ。お前らだって、なかなかの男っぷりだぜ」

「私もそう思うぞ。探索に励んでいる時の姿は特にいい男だ、二人とも」

　忠吾と坪八は照れ臭そうに頭を掻く。

「それを仰るんでしたら、旦那方だって」

「皆それぞれ男っぷりがええっちゅうことで」

「まあ、そういうことにしておくか」

　男四人で笑い合う。

　お茶をお代わりして和んでいると、ほかのお客の話が耳に入ってきた。白髪《しらが》の爺様《じいさま》が、茶屋の看板娘を相手に捲《まく》し立てている。

「あの世直し人の連中の中に、御公儀に通じている者がいるという噂は、本当かね。どう思う」

　看板娘は困ったような顔で曖昧に答えていた。木暮たちは二人を眺めつつ、顔を寄せ合う。木暮は声を潜めた。

「世直し人たちが大井の屋敷に乗り込んだのは、俺が上申した後だったんだよな。上申したのだから、公儀の中にも、事件の顚末《てんまつ》と黒幕のことを知り得た者がいたということだ。とすると……やはり、公儀の誰かが繋がってんのかなあ」

　坪八が目を光らせた。

「もしや世直し人の元締めは、宇崎様って線はありまへんかな。御自分が指令なさって、手下たちを動かしはって、御公儀では捕まえにくい悪党どもを成敗しておられるっちゅうのは」

大胆な発想に、桂は思わず、おおっと声を上げる。忠吾が頷いた。

「分かるぜ。御自分が世直し人だから、世直し人を捕まえるな、って仰ってるって訳だな。あっしも、それ、ちょっと思ったぜ」

「おいおい、宇崎様はそんなせこい御方じゃねえよ」

木暮は笑いながらも、ふと首を捻った。

――まさか宇崎様が……いや、もしや――


その頃、両国広小路の〈風鈴座〉では、昼の舞台を終えたお滝と虎王丸が、楽屋で休んでいた。濃いお茶と山葵煎餅《わさびせんべい》を味わって和んでいると、楽屋の入り口にかけられた長暖簾を分け、誰かが入ってきた。お滝はそちらを見やって、ぎょっとした。虎王丸も食べかけの煎餅を落として、固まってしまう。

楽屋に現れたのは、与力だったからだ。

怖気《おじけ》づいている二人に、宇崎竜之進は微笑んだ。

「舞台、楽しませてもらったぜ。お疲れさん。これ差し入れ」

羊羹《ようかん》を受け取り、虎王丸は目を瞬かせる。宇崎は言った。

「俺、お前さんたちの贔屓《ひいき》なんだよ」

お滝と虎王丸は安堵した。自分たちを捕まえにきたのではないと分かったからだ。

お滝は立ち上がり、虎王丸とともに一礼した。

「ありがとうございます。お土産、喜んでいただきます。……これからもどうぞ御贔屓に。よろしくお願い申し上げます」

「うむ。こちらこそ、よろしくな」

強面の宇崎だが、笑うと目が垂れ、とても柔和な表情になる。帰り際、宇崎は二人に目配せした。

「まあ、あまり派手にやり過ぎないようにな」

お滝と虎王丸の躰が硬直する。

宇崎が去ると、二人は顔を見合わせ、肩を落として大きく息をついた。

うららかな春の日、桂は白金《しろかね》の正蓮寺《しょうれんじ》へと赴いた。門前で花と線香を買い、石段を踏み締めて上っていく。石段の横には欅《けやき》の木が植えられ、緑の葉が陽射しに映えていた。

桂は小さな墓の前にくると、水仙《すいせん》の花を供《そな》え、線香を炷《た》いた。青空の下、厳《おごそ》かな煙が立ち上っていく。桂は墓に向かい、数珠《じゅず》をかけた手を合わせた。

桂は正蓮寺の和尚に頼んで、お藤の墓を作ってあげたのだった。この辺りは眺めもよく長閑《のどか》なので、お藤もゆっくり休めるだろうと、桂は思った。

穏やかな風に吹かれて、水仙がそよぐ。その白い花に、お藤の優しくも儚《はかな》い笑顔が重なり、桂は目を閉じた。

そして、そんな桂を少し離れたところから見守っている男がいた。木暮である。今朝方、桂がなにやら忙しい様子で奉行所を出ていくので、何かあると察した木暮は、町を見廻りつつも密かに尾けてきたという訳だ。

墓に手を合わせる桂を眺めながら、木暮は頭を掻く。

――まったく、お人好しっていうか、阿呆っていうか……可愛いっていうかよ

――

どこからかメジロの啼き声が聞こえてくる。いつまでも油を売ってはいられない、そろそろ戻るかと、木暮は踵《きびす》を返す。

心地よい風に吹かれながら、長い石段を下りていく。

――俺もまた改めて墓参りにくるか――

澄んだ青空が広がっている。

木暮は思った。海へと沈んでいった甲賀古士たちも、今頃ようやく安堵して、穏やかな海の底で仲よく暮らしているだろうと。

若葉が目に沁みる。

もうすぐ卯月《うづき》だ。爽やかな季節が訪れようとしていた。


その日、仕事を終えると、木暮は桂を誘った。

「どうだ、これから一杯。やっと晴れ晴れとした気分で楽しめそうじゃねえか」

「いいですね。参りましょう」

二人は顔を見合わせ、にっこり笑う。

奉行所を出ると夕焼けが広がっていた。木暮と桂は久しぶりに馴染みの〈はないちもんめ〉を訪れようと、北紺屋町へ足を向けた。

一〇〇字書評

切り取り線

購買動機（新聞、雑誌名を記入するか、あるいは○をつけてください）	
□（　　　　　　　　）の広告を見て	
□（　　　　　　　　）の書評を見て	
□ 知人のすすめで	□ タイトルに惹かれて
□ カバーが良かったから	□ 内容が面白そうだから
□ 好きな作家だから	□ 好きな分野の本だから

・最近、最も感銘を受けた作品名をお書き下さい

・あなたのお好きな作家名をお書き下さい

・その他、ご要望がありましたらお書き下さい

住所	〒				
氏名		職業		年齢	
Eメール	※携帯には配信できません	新刊情報等のメール配信を 希望する・しない			

この本の感想を、編集部までお寄せいただけたらありがたく存じます。今後の企画の参考にさせていただきます。Eメールでも結構です。

いただいた「一〇〇字書評」は、新聞・雑誌等に紹介させていただくことがあります。その場合はお礼として特製図書カードを差し上げます。

前ページの原稿用紙に書評をお書きの上、切り取り、左記までお送り下さい。宛先の住所は不要です。

なお、ご記入いただいたお名前、ご住所等は、書評紹介の事前了解、謝礼のお届けのためだけに利用し、そのほかの目的のために利用することはありません。

〒一〇一－八七〇一
祥伝社文庫編集長　坂口芳和
電話　〇三（三二六五）二〇八〇

祥伝社ホームページの「ブックレビュー」からも、書き込めます。

www.shodensha.co.jp/bookreview

祥伝社文庫

食《く》いだおれ同心《どうしん》

令和 3 年 2 月 20 日　初版第 1 刷発行

著　者　有馬美季子《ありまみきこ》
発行者　辻　浩明
発行所　祥伝社《しょうでんしゃ》
東京都千代田区神田神保町 3-3
〒 101-8701
電話　03（3265）2081（販売部）
電話　03（3265）2080（編集部）
電話　03（3265）3622（業務部）
www.shodensha.co.jp

印刷所　堀内印刷
製本所　ナショナル製本
カバーフォーマットデザイン　中原達治

Printed in Japan ©2021, Mikiko Arima　ISBN978-4-396-34712-3 C0193

祥伝社文庫の好評既刊

有馬美季子
縄のれん福寿《ふくじゅ》
細腕お園《その》美味草紙

〈福寿〉の料理は人を元気づけると評判だ。女将・お園の心づくしの一品が、人と人とを温かく包み込む江戸料理帖。

有馬美季子
さくら餅
縄のれん福寿②

生みの母を捜しに、信州から出てきた連太郎《れんたろう》。お園の温かな料理が、健気《けなげ》に悩み惑う少年を導いていく。

有馬美季子
出《で》立《た》ちの膳
縄のれん福寿③

一瞬見えたあの男は、失踪した亭主なのか。落とした紙片に書かれた謎の食材を手がかりに、お園は旅に出る。

有馬美季子
源《げん》氏《じ》豆《どう》腐《ふ》
縄のれん福寿④

〈福寿〉に危機が⁉　近所に出来た京料理屋に客を根こそぎ取られた。だがお園は信念を曲げず、板場に立ち続ける。

有馬美季子
縁結び蕎麦《そば》
縄のれん福寿⑤

大切な思い出はいつも、美味しい料理とつながっている。細腕お園の心づくしが胸を打つ、絶品料理帖。

有馬美季子
はないちもんめ

口やかましいが憎めない大女将・お紋、美貌で姉御肌の女将・お市、見習い娘・お花。女三代かしまし料理屋繁盛記！

祥伝社文庫の好評既刊

有馬美季子　はないちもんめ　秋祭り

お花、お市、お紋が見守るすぐそばで、娘が不審な死を遂げた――。食中りか毒か。女三人が謎を解く！

有馬美季子　はないちもんめ　冬の人魚

北紺屋町の料理屋〝はないちもんめ〟で「怪談噺の会」が催された。季節外れの人魚の怪談は好評を博すが……？

有馬美季子　はないちもんめ　夏の黒猫

川開きに賑わう両国で、大の大人が神隠し!? 評判の料理屋〈はないちもんめ〉にまたも難事件が持ち込まれ……。

有馬美季子　はないちもんめ　梅酒の香

座敷牢に囚われの青年がただ一つ欲したもの。それは梅の形をした料理。誰にも心当たりのない味を再現できるか？

有馬美季子　はないちもんめ世直しうどん

奇妙な組み合わせの品書きを欲した分限者が、祝いの席で毒殺された。遺産を狙う縁者全員が怪しいが……。

有馬美季子　はないちもんめ　福と茄子《なす》

江戸で話題の美男子四人が、相次いで失踪した。現場には黒頭巾の男の影が。八丁堀同心を助け、女三代が大活躍！